ぼくが持っていてあげようか
おもそうな
きみがかかえているものを

現代詩文庫　254

思潮社

# 金井雄二詩集・目次

詩集〈動きはじめた小さな窓から〉全篇



詩集〈外野席〉全篇

詩集〈今、ぼくが死んだら〉全篇

詩集〈にぎる。〉から

詩集〈むかしぼくはきみに長い手紙を書いた〉から

未刊詩篇



散文



作品論・詩人論



装幀原案・菊地信義

# 詩篇

詩集〈動きはじめた小さな窓から〉全篇

## 五月

いつも空を指さしていた
空には形のよい雲が浮かび
誰かがその雲は幸福の雲だと呼び
「触れるとシアワセになれる」という噂だった

五月になるとみな野球帽をかぶった
帽子のひさしには太陽がひっかかり
頭の上では時がとまり
いつもぼくらは永遠に遊んでいることができた

我を忘れて遊ぶこと
つまりそれは走り続けること
体と速度と脈拍は次第にあがっていった

雲はいつまでも成長する彼方にあり
我らの五月はみにくく積みかさなり
いつしか矢をひく弓のように重くなっていった

## 象——（ゾウ、あるいは懐かしい幻影たち）

毛穴の中にゾウが住んでいます
耳に余罪のシワが何本もよっているゾウなのです
鼻は軟体動物のように曲がります
爪は土色にさびてます
ときどき自分の体重をささえることができません
欲望という尻尾もブラさげています
残念なことに
いつでも姿をあらわすとはかぎりません
ただほんの少し
かたい皮膚がふくらんだりちぢんだりしはじめると
やがてぼくの毛穴からにじみでてくるのです

## 妹

いつも鍋の蓋をあけると　嫁に行ったはずの妹がいて　口を開いたり閉じたりしながらなにげなしに空気をのみこんでいる　おれが　おーい　と叫ぶと　ぶきような指をひろげてVサインをつくってみせて　きっと体の具合でも悪いのだろう　と心配していると今日はインスタント・ラーメンが安い日だ　と言いながらせんべいをかじっている　午後三時半になって蓋を閉じると　鍋のちょっとしたすきまから段違いの前歯をニョキリとみせて　お兄ちゃんがんばりなよ　とひとかたまりの汗　を左手で投げかけてくる

## 人間の回復

人間の回復のため、寝台車に乗る。寝台車に乗って、体をゆすられ眠る。彼はひとりである。

目的地は決まってはいない。しかし、彼は行き先を承知している。彼にとってそこは離れられない場所なのである。彼はそこに着きたいと、意識の内側で願っている。そして一人の女性に会うだろう。彼女はすでに結婚しているはずだ。子供も二人ぐらいはいるに違いない。毎日、即物的な眼で生活を見、くらしているはずだ。

彼女の地では、春にはミザクラの豊かな花が咲き、六月にはまっ赤な実が熟す。カゴいっぱいに実を摘み、小脇にかかえて持ちかえるのだ。

彼女はもの静かな足をくの字に折りながら、記憶の筋道をきちんと語りだす。外の闇がせまっているせいで、なかは闇より明るい。

彼の頭の中では、徐々に昔の記憶が整理される。むせかえる果実の香りとともに、彼はしだいに狂暴になっていくのがわかる。すでに赤く染められた彼の手は、二度と寝台車に乗ることのないようにと、彼女の首に伸びていく。

　彼は、自らの、人間の回復を目指しながら、寝台車に乗り込んだのだ。そして、堅く、うす暗いベッドの上で、たったひとりで眼をさます。

## ひととき

　穴の中からはいあがってきた。上を見ると窓がある。窓の外には大樹が一列に立ちならんでいる。太く脈絡とした枝には、若葉があふれるように重なりあっていて、強い風が吹くたびに枝が苦しそうに揺れているのだ。

　できることなら、ぼくはそこで誰かと話をしたい。もちろん相手は誰でもよいのだが……なるべくなら、友人がいいだろう。いや、親友がいい。心の友だ。昔いっしょに戯れた、古い男の友人だ。ぼくをぼくとして見てくれた友人だ。そう、彼だ。彼がいい。

　彼はぼくに語るだろう。ここはいい場所だと。若葉がさやいで、風が高いところで舞っていて、陽がいたるところでキラキラしているじゃないか——と。そして、彼は笑顔でぼくにたずねるだろう。君は結婚したのかと。子供もひとりいるのだなと。

　ぼくは少しはにかむことにしよう。少し歯をだして笑うようにもしよう。彼とはなにせ親友なのだから。そしてたくさん想い出話をするのだ。ぼくのすべてのありったけを話してしまうのだ。

　しばらく時がたつと、彼はそこを去るだろう。もとの場所に帰っていくだろう。そうしたら、ぼくは太い枝をみつけることにする。その枝がみつかったら、固いロープをかけよう。ロープの先端がちょうど、首にかかるくらいの輪にするのだ。次にここに来たときに、それがぼくの首にちょうどまわるように。

　ぼくは家路を急ぐ。穴の中はうす暗いが、ぼくの本当の世界が生き続けていて、そこから二度とはいあがらないようにと決心する。

## 草叢のなかで

草叢のなかにひそんで待っているのが好きだった。近づいてくる足音が心音と重なるとき、それは興奮だった。ぼくはたぶん姉を待っていた。姉は歩くといつもいい匂いがした。青い空と同じ匂いだった。姉の匂いと青い空とはいつもいっしょだった。

ぼくはとてつもなく広い草叢のなかで、足を伸ばし両手を握りしめていた。草叢のなかでは、体が重たい空気に縛られていた。姉はいつも足を軽く上げて歩いてきた。ぼくがひそんでいるとも知らないで。青い空はうつつをぬかしていた。奇妙に雲が死んでいた。遠くの方で風が吠えていた。ぼくは草叢のなかで待っていた。意識の下には、はちきれそうな肉体があった。肉体はまあるい匂いに包まれて脳のなかまで転がりこんできた。

ぼくは犬を想った。遠い昔に逃げ出していった、あのまっ白な小さな犬のことだ。犬の瞳にはいつも何かしらの言葉が写っていたが、最後の瞳には、気のふれた鱗粉のような笑いしか残っていなかった。こらえきれずにぼくは犬を抱きしめることにしたのだ。草叢のなかで犬は、逃れようとしながら黒い瞳を下から上へとゆっくり動かしていった。まわりは一面赤い草に変わっていった。姉の乳房と犬の瞳は、狂おしいぐらいゆっくりと重なりあっていった。

犬は北の空に向かって飛びあがっていく。空には、小さな犬の瞳が無数に浮かびはじめ、瞳はそのまま南に向かって動きを開始した。突然鈍い音とともに瞳が破裂し、まっ青な空に苦渋の雨をふらせた。ぼくはあわてて、両眼をパチパチとやりながら草叢のなかから走りだしたのだ。意識の背中で犬の瞳を重たいほど乗せ、その時も姉の熱い乳房を、背中の皮膚の一部で感じていた。

# 熟睡までの彼のおはなし

ねえオトーサン
いっちょびテベリみようよ
もうー、じゃ、どっか行こう！
神奈中ちゃん号でおららだ行こうよ
ミズニー・ランドでもいいよ
えーっ、またワープロやるの？
ぼくもワープロやーろうっと
ねえ、ねえ
今日泣かなかったから
絵本の話を聞いてよ
ハナシヲキーテ！
んー
じゃ、ぼくが話を聞くね
んー、んーっとね、
ぼ、ぼくねぇ
メダヤマキと
ウデタマゴと
ザリソバは好きだけど
トウモコロシと
ウボメシはきらいなんだぁ
もう！
いいよ！
で、早く寝るんだもんねー
早く寝ないとトントン来るもんねー
寝るまえに
「だーい好きっ」ていいながらチュウしよう
ねえねえオトーサン
やこうでんしゃにチュウチュウいるかな？
てまきねこもいるかな？
ねえオトーサン聞いてるの？
ねえったらねえ！ユウジ！

＊難解な現代詩を解読するためのキー・ワード

いっちょび（ちょっぴり）
テベリ（テレビ）

神奈中ちゃん号（かなちゃん号＝神奈川中央交通の絵柄
付きバスの愛称）
おららだ（小田原）
ミズニー・ランド（ディズニー・ランド）
ワープロ（お父さんのワープロ）
ワープロ（電卓）
話を聞いてよ（話をしてよ）
ハナシヲキーテ（絵本を読んで）
話を聞くね（話をするね）
メダヤマキ（目玉焼き）
ウデタマゴ（ゆで卵）
ザリソバ（ざるそば）
トウモコロシ（とうもろこし）
ウボメシ（梅干し）
トントン（押し入れの中にいる妖怪）
チュウ（キス）
やこうでんしゃ（夜行列車）
チュウチュウ（ねずみ）
てまきねこ（まねき猫）

そこに、舞ったような一本の髪の毛があった

かわいた路上に砂が走って
ぼくは自転車から転げ落ちた

（ねえカナイクン、樋口可南子のヘアもう見た？）

電車の中で彼女は座っていて、ぼくの心がレールの振動を反復しながら、どうしてなんだろう、どうしてなんだろう、とボソッとつぶやいてみて、少し暑くて、彼女の頬は上気していて、紅色がかっていて、少し茶色がかった髪の毛が一本ほつれていたのがぼくには見え、何か風のようなものがスッと流れ込んできて、ああ、これは風なんだなぁ、と思うまでに数秒かかったような気がしたし、その風のおかげで、彼女の細い髪の毛がふわっと舞って、彼女はゆっくりとその髪の毛を指で束ねたときに、（彼女の髪の毛はぼくが思っていたより長かった）この人こんな顔していたんだなぁとぼくははじめて思ってしまっていて、それは一体どうしてなんだろう、どうして

なんだろう、とぼくの頭の中はくりかえし、くりかえし
問いただしながら、彼女とぼくの乗った電車の中には、
これまでの時間の流れが急におしよせ、下車駅を望まな
くなったぼくは、彼女の手の中の、どこを探しても嘘が
みつからなくなってしまったみたいなのだ。

（彼女のことをぼくはどんなにか詩に書きたいと思っ
　たことだろう）

（書けないのはわかっているのに、ぼくは彼女の詩
　が書きたくて）

（彼女の髪の毛にぼくは触れてみたいと思うのだ）

雨の路上にぽつりと立ち
曲がった自転車のハンドルを今日もなおしている

## よく似た男

電車の中に男がひとりで乗ってきた
そいつはすてられた文庫本のような臭いがした
糸のほつれたバッグをもち
こすれてはげた革の靴をはいていた
もう夏だというのに長袖のシャツだった
シャツを肘のところまでまくり上げていて
瘤のような塊になり
骨がつきだしているようにも見えた
うす汚れたジーパンは
膝を曲げたかたちがいくぶん残っていた
俺はそいつを見ていた
そいつは外を見ていた
俺も外を見た
景色が死んでいた
俺はまたそいつを見た
そいつは景色を見ていた
一心に外だけを見ていた

眼が右から左に忙しく動いていた
そいつは背が低かった
だからそいつが見ている外は
低いところから見ている低い外だった
だからあんなに熱心に
外ばかりを見ているんだと思った
俺はいつまでも
観察していることができた
やがてそいつはハアーッとため息をついた
俺は聞こえないように
「死んじまえ」と言った
そいつはボソッと
「死んでやる」と言った

## 枯木のある風景——小出楢重の絵をみて

ふっふっふっと笑う
あれは小出楢重だ
黒い帽子をまぶかにかぶり
たしかにニタリとしゃれこんでいる
画面は上と下とにわかれていて
下半分には
茶色い草がのびていて
くすんだ電柱なども立っていて
手足をとられた枯木が
何も言わずに転がっている
上半分には
雲と夕
鉄塔に電線が真横にはしり
なにかがそこにとまっている
まっ黒くて小さいが
あれは鴉じゃない
電線工夫などでもない
ふっふっふっと笑う
あれは小出楢重だ
黒い帽子もかぶっているし
なにより

憎らしげにこちらを向いて笑っているじゃないか
空に流れた黒い花芯のようなNよ
ほら、ぼくには見えるのだ
あなただってそこから見えるだろう?
死人のように横たわった
「枯木のある風景」が

## 《断編》牛の首の話

1

いつごろからでしょうか、わたしは草原に来るようになっていました。その時刻は、朝の早いとき、と決まっておりました。わたしは母と連れだって山道を歩き、ここまでたどりつくのです。

わたしたちの他にも、数多くの仲間たちがいっしょでした。わたしたちは、その草原で、一日の大半を過ごすのです。

わたしたちは草原で、空を見ておりました。首を左右にグラリと振りながら、走ったりもしました。そして、ときどき、かがんでは草を食むのでした。

遠くで農夫が草を刈っておりました。農夫は二人いて、一人は年寄りで一人は若者でありました。強いひざしの中で、若者の筋肉だけがやたらと眼につきました。ふたりとも白い汗を全身にあびて、濡れておりました。

わたしの乳房は朝と夕の二回、必ず、〝張り〟を覚えます。わたしは毎日、若い農夫に乳房をつかまれるのです。わたしは、そのたびに首を振り、おし殺そうとした声がもれてしまうのです。そう、若い農夫は、激しく、荒々しかったのでございます。

2

わたしは朝から乳房をふく。牛は執拗に首を振る。声を数回はりあげる。わたしは手早く搾乳を終えると、おじいさんの指示にしたがって、牛を草原へと送りだす。夏の長期アルバイト。本物の農夫らしくなってきたと、牛の首が語っている。

昼飯前までには、乾燥とよばれる、牧草作業を終わらせないといけない。おじいさんとわたしは汗を流す。牛は草原で、仕事をみている。じっと大きな瞳をうるませながら。

トラックに積まれた干し草を、倉庫に移す。夕陽が牛の背中を突っつくまで、それはおこなわれる。わたしは欲望を止められた動物になる。

わたしは夕刻、牛の乳房をふきに牛舎へもどる。草原が、長いまつげを地面におろすと、牛の首は深く大地にたれさがる。わたしの一日の作業は、牛の首を見とどけることで完了する。

## 3

ベッドの上には草原の匂いがただよっている。わたしは女の乳房をつかんだまま、はなさない。この乳房はおれのものだ、と思っている。

女の体には黒い痣がついている。わたしは指先でその痣に触れてみる。女の体には匂いがある。わたしは舌先でその匂いに触れてみる。

女は乾燥された草叢を一束もっていて、わたしは、ただ、何も考えずに、ゆっくりとその草を食むのだ。数回、口の中でもてあそんだあとは、腹に入れ、また出し、また奥深くまで入れ、また出し、わたしは噛み砕く。

外では、世界中、粘っこい雨が降っている。女は声をもらす。十年以上も前の、暑い夏の北海道から。密室の中でわたしは、少女の顔を思い出している。

わたしは乳房をつかむ。すべてをしぼりだすように。ふと、女の顔を見上げると、涙をためた瞳の中から、わたしをじっと見つめていた。牛の首だった。

## 道、その他の断章

アスファルトの道路の上に寝そべって、十一月の生まれたての冷たい肌を、舌で触りたい。破壊から破壊へと続いている、道。

ぼくは森の中で、無器用な牛を見ている。森は数種類の腕から成り立っていて、どの腕も一頭ずつ黒い牛を飼っている。ぼくの眼は黒い牛の背中を視ている。森は黒い牛が好きだ。ぼくも黒い牛が好きだ。森の奥深くで生活している牛飼いは、まっ黒な大樹を一本飼っている。大樹もまた黒い牛が好きだ。

ぼくらの生活は、ドラえもんのポケットから出てきた。ポケットの中からは何でも出てきた。ドラえもんも、じつはポケットから出てきた。自らのポケットの中から。

拓也が泣く。声の限り。泣いてしまえ。泣ききってしまえ。ノドをカラにさせて生んでしまえ。鳴咽。「フウンギャー」のくり返し。そうら31回めの泣き声だ。おまえの泣き声はいつしか渇いた詩になっていく。

蜜柑の皮を剝くときには、爪が上を向く。生爪がはがされるようなその快感。快感と恐怖は一対となる。爪の中にはぼくらの夢がつまっている。だから、爪をはがしてしまうと、生きているような痛みを感じるのだ。

ぼくは都会の中で生まれ、都会の中で性交する。都会の中は、砂利とセメントで輝いている。常に破壊されることのない肉体を持ちたいと思う。雨にうちのめされて、蜜柑を食べていたいと思う。肘の部分のボルトが少しゆるんでいるみたいだ。

ボンレスハムのような拓也の肘に歯型をつけようとすると、おもいっきり指を口の中におしこまれる。指は2：1の割合で塩けがあり、あまり食するに価しないものである。なんと不思議だ。こいつはぼくの選びぬかれた精子と妻の卵子との結合体、ただそれだけのものなのだ。

もう十日間も生きている。息をしている。光の中で塵を食べている。生命は果がない。温度がある。湿度がある。海のような力がある。まぎれこんだ幸福者。蛍光灯のカバーの裏側に一匹だけ生き残っている、毛の生えた冬の蠅。黙々と五月の来るのを待っている。

若葉のふれあい、かさなりあいが合図で、ぼくらは手を握りあった。ぼくの手は緊張すると冷たくなり、君の手は人指し指が少し震えた。言葉なんていらなかった。風は音を歌ってくれた。見ているのは風景たちだけだった。サラブレッドのいななきがひと声聞こえた。今、ぼくの手はあの時よりあたたかく、君の手はしなやかになっている。

蛇口をひねると勢いよく精液が飛びだしてくる。みんなそれで顔を洗ったり、歯をみがいたりする。ときにコンドームは蛇口をコントロールする部品につかわれたりしながら、ぼくらの亀頭に無器用にのせられることになる。蛇口はどの家にも必ずついているのである。

ぼくらはみんな断片で生きている。断片の連続で生きている。ひとつひとつ呼吸をするように。米を一粒食うように。原稿用紙のマス目を一文字うずめるように。

嘘つき嘘つき嘘つき嘘つき嘘つき嘘つき嘘つき嘘つき嘘つき。おれは嘘つき。正真正銘の嘘つき。あいうえおのあが嘘つき。どいつもこいつも嘘つき。市長さんが嘘つき。部長さんが嘘つき。課長さんが嘘つき。係長さんが嘘つき。とくにあいつが嘘つき。そして、嘘のようにおれは嘘つき。

朝七時五十五分。人ごみの中にぼくがいる。横浜線町田駅より小田急線町田駅に通じるレンガの上を、ぼくらは一直線に流れている。人が魚のように見えるのはこのひとときだ。ヒレのように髪の毛が立っていて、くにゃりと曲がる。同じようでいて同じでない、目玉の数々がある。流れの速さを無視した壁のパネルの中の「不知火海の打瀬船」の帆が、執拗にぼくらの泳ぎをながめている。

竹の耳かきを穴に突っこむ。コリコリと音がする。さあ、次に、もっと奥に入れるのだ！

拓也の体に突発性の発疹ができる。血をまるく固めたような斑文。おまえの体に表れた生の証か。ゾウやウシやキリンやクマのさまざまのような足跡たち。

むかし、小学校で地球儀をつくった。メルカトル図法を切りはなしたような両円錐形の紙形を、プラスチックの球面に貼りつけていくのだ。断片がひとつの地球を形成する。だが、ぼくの両極はわずかなずれを生じ、地球の表面は複数の破壊されたシワとなる。

北海道の農場にいた黒い牛。黒い瞳でぼくをみた。黒いしっぽで黒い蠅をたたいた。なまめかしい艶のある背中。強靱で無垢なおまえの四肢。ぼくは黒い牛に愛されたい。おまえのその、まっ黒な舌で。

黒い牛の背中がびっしりとしきつめられている道路の上に立ちあがり、二月のすきまに生えている、生暖かい舌を肌で触りたい。
破壊から破壊へと、断絶されている、道。

## 冬の陽につつまれて

茶色い芝生の上に腰を下ろし
額を冬の陽に向ける
まぶたをそっと閉じると
どこかで音のでないピアノが鳴っている
便箋に几帳面な文字がびっしりとならんでいる

あのひとからの手紙だけをにぎりしめて
ぼくはぼくをつつんでくれるこの場所にきた
群衆の中でさえも見つけられない
透明人間のような
そうだ！
ぼくはここで誰にもしれず
冬の陽にでもなってしまおうか

## 枯芝

立ち上がって
ズボンについた枯芝をはたいた
陽はもうじき沈むだろう
ぼくはきっと帰らねばならないのだ
人ごみの中に偶然あのひとの姿を見つけた
もちろんむこうはぼくに気がつくはずはなかった
ぼくはぼくで話しかけることもできなかった
立ち止まって何度か枯芝をはたいた
まとわりついていた枯芝は
斜めになった冬の陽の中を
ユラリと風に流され
あのひとの髪にひっかかった

## 動きはじめた小さな窓から

だれもいない駅で
だれかに声をかけられた
ふりかえると
発車の笛がなり
扉が閉まろうとしていた
プラットホームと車輌のあいだには
境界線のような黒い隙間があり
それをまたいで列車に乗った
動きはじめた小さな窓から
ちぢんでいた手を不意に突き出し
おおーい！と言って

そのままおもいっきり手を振った
やはり駅にはだれもいなかった
四人掛けの席に一人で腰かけたとき
窓で四角く区切られていた空の青が
少しずつはっきりとしてくるのを感じていた
さきほどわたしはあの駅で
わたしの大事な人と話をしたのを思いだしていた

## はるのひかり

視線をふいに初夏へ向ければ
はるのひかりと
空の青さににじんだ海があった
灯台は五月の顔をして立っていたが
いつもひとりぼっちなので
躰が透き通っていた

波は波頭を追いかけながら
飲みこまれた羞恥のように
砕けちった

鳩のように平和をつつきながら
どこかの子供らが
帽子のとりあいっこをしている

沖にでている二艘のヨットの
離れてはまたぶつかって行く帆に
君はいつまでも見とれていた

はるのひかりが
熱い刃物のようにさしてきたので
ぼくはすぐにまた視線を
君にもどしてしまった

（『動きはじめた小さな窓から』一九九三年ふらんす堂刊）

# 詩集〈外野席〉全篇

## 空の向こうに

最後のしあげは翼に霧を吹く
和紙が乾きだすと冬の朝陽のようにピシッとする
外に出てひとさし指をペロッとなめ
風の向きをたしかめるのだ
ゴムに瘤が二つぐらいできるまでゆっくりまわし
青空の彼方に向かって位置をきめる
二枚のプロペラがまわり
翼が風をつかんだら手をはなすんだ
淡い原形はまっすぐ小さくなるだろう

## 堀内投手がそこにいる！

照明がはいると
芝生の緑も生きかえり
硬式ボールの縫い目は赤く
真夏の夜の後楽園？
あるいは神宮
そう、ホリウチがでてくるまえに
トイレに入っておしっこをした

たとえばぼくはいつの時にも
ネガフィルムのような小さな一コマを
この眼で確認したかっただけなのかもしれない

試合前のランニング
ホリウチは腕を直角にまげると
ゆっくり、ゆっくり
（今日は暑いなぁーと言う顔つきで）
外野の芝生を踏みつけながら
走ってくるのだ

ぼくは外野席を蹴って

ボールを追う野手さながらに
フェンスぎわまで走りより
すべての力をこめて手を振った

額の汗をぬぐっていたホリウチが
ぼくには手を振りかえしてくれていると思えたんだ

目の前を通りすぎたとき
ヒョロリと飛びでた長い首の根元にある
ホリウチのでっかいホクロが
テレビで見たときと
同じ場所に同じようについていていて
遠のけば遠のくほど
さらにでっかくまるでホリウチのように動いていた

あっ、あれが堀内だ！

＊堀内恒夫投手＝巨人軍Ｖ９時代のエース。

ほわほわと何だかあったかい
ま新しい畳の上で
（つよい草の香りがするよ！）
二メートル九センチの体をいたわるように丸めている
ジャイアント馬場さんの足を思う
足はその不器用な指さきで
石川淳の「狂風記」のページをめくっている

馬場さんの足は
ついさきほどまで
血のついた荒々しい別の場所で
別の自分と戦っていて
そのおかげで
いまだにつま先にまで
熱気がジュンジュンめぐっている

本名馬場正平
ぼくの子供時代の

不完全なあこがれ
彼はマゴとヒメの
深い深い交わりの物語りを読む

手には本を持たず
足で本を支え
まだぬくもりをたたえている足の指で
ページを半分おり曲げるようにすべらし
次のページにゆっくりとうつるのだ
しかしそれは湯気の向こうのことのように
ぼんやりとしてはっきりと
ぼくの頭の裏側に写しだされている光景

ジャイアント馬場さんの
足のサイズをはかりたいな
リングから降りたばっかりの
まだこすれてほわほわと何だかあったかい
そんな足の大きさを

## 川原

靴の底で石のまあるいやさしさを感じていた
ぼくは口笛を吹いていた
歩くたびに石と石がぶつかって
ゴデェ、ゴデェというリズムをとった
不器用な川原には
わずかな流れだけが道を教えてくれた
ぼくの釣り道具と魚たちは
すべてどこかで亡くしてしまったし
もう必要ともしなかった
小魚の死骸が一匹
石の上で水を蹴るように光っていた
そのとき
父はもうどこにも見あたらなかった

# 声、のする

てのひらの汗の
しめっているのが
よくわかる
ゴツッと鳴るおとうさんの
人差し指と中指とから
一魂の球がはなれて
ぼくの手に突きささってくるのだ
それはシュッ、シュッルルッと音たてて
球は少しずつ大きくなって
ちょうどぼくの胸のあたり
えぐりとるように胸のあたり
どこまでもまっすぐ胸のあたり
伸びてくる
まともにあたったら痛いとおもうから
必死でぼくは受けとめる
あたりまえだけど
てのひらがいたいよ

グラブの上からだってなんだって
受けとめたてのひらは
ソーダ水がのどを刺激するような
ジュッとした熱さがつたわって
そしてぼくは球を握るのだ
球は摩擦で
火の玉だ
ぼくは火の玉を投げかえす
夕陽の向こうの
どこかで
とおく
声、のする
陽炎のようなおとうさん
胸に突きささされ
おもいっきり
こたえ
のような
声、のする

## 星を見てみたい！

ザックには食料を入れなかった
星をもって帰るつもりだったのだ
手をのばせば星がとどくところに行こうと思っていた
どう考えたってそんな場所などあるわけがないと
少年だったぼくでさえわかっていたのに
それでもぼくは出かけて行った
だが、三百メートルも歩かないうちに
運悪く親戚のおばさんに出会ってしまい
家へ連れもどされてしまったのだ
山のてっぺんで星を見てみたい！
最近、そう思いたったのは
おおいつくされた星の群れをいまだに見たことがないから
もしかしたら
手をのばせばそこに星があるかもしれないのに
都会の街の椅子のような生活は蹴っとばし
今度こそ山の尾根を登ろうじゃないか

## 夜空に入る

酔いざめの頭の痛さをこらえながら、公園の近くにさしかかる。とその時、キイヨー、ギイヨー、とブランコのきしむ音が聞こえてきた。真夜中の空からは、師走の霧雨が、あたりいちめんに振りまかれているようだった。いまごろ、公園に人などいるはずがない。わたしは酔った頭をひっこめるようにして、おもわず身震いした。街灯はグニャリと黄色い光を放っている。

しかし、たしかに誰かが公園にいて、ブランコをこいでいる。少し酔ってはいるが、わたしの耳はおかしくない。アベックだろうか、それとも酔っぱらいだろうか、まさか小さな子供ではあるまい。公園は冬枯れの樹で囲まれていて、その枝は節くれだった指のように見える。霧雨を含んだ指は、時間をきしませ、公園を包みこんでいるようだ。わたしは誰がブランコをこいでいるのか、むしょうに知りたくなり、小走りになる。キイヨー、ギイヨー、ブランコの音は、胸の中で肥大する。

いつも走りながら、公園の低い門を通過した。目指すものはブランコだった。誰にもなにも言わず、必ず一人でなければならなかった。たぶん、その頃のわたしは、自分だけが空と同化できるのだと、それだけを信じていた。わたしは自分が少年であるということさえ信じていなかったのかもしれない。ブランコに乗り、おもいっきり近づいてくる空の中に、わたしは何度も何度も一人で突入していった。

公園の中は、街灯の黄色い光でグニャリとしていた。砂場の砂山は、湿り気をおびながら崩れはじめていた。誰かが捨てた空き缶から、腐ったジュースがユラリと流れ出ていた。ステンレスのすべり台は、くもりガラスのように濡れていた。夜空は何層にも重なりあい、溶けかかっていた。少年は、ブランコに一人で乗っていて、必死にこいでいる。キイヨー、ギイヨー、キイヨー、ギイヨー、と音をきしませながら。

## だからやさしく噛んでみたりもした

物置き小屋の中で、蜜のあふれる自転車を見た。

はじめて乗れた日に、僕はべつの、僕の視線をもった。

車輪はどこまでも淡く、スポークは虹色に光った。

視線によって、次から次へと僕の世界は変っていった。

二つの車輪は、未知という光の中へ誘惑したのだった。

少年の中の、少年だった僕を、おもいっきり抱いて、
　そして動かしてくれた。

フレームは細く、だが、ねばりのある骨だ。

手のひらで僕はさすり、なぞり、指でつまんだりもし
た。

サドルは人間の皮膚の匂いがする。
風は僕の耳元でかすかな唸りをおこし、とおく、生ぐさいため息を聞いた。

些細な部分、つまり止めネジの一本にまで、メーカー名は刻印されていた。
同じように僕は僕の刻印を、はじめて打った。
チェーンリングやカバーは、もはや部品ではなく、しめつける部分だった。
僕は自転車の中にとけてしまいたかったし、
だからやさしく噛んでみたりもした。

## 自転車ペダルの正しいまわし方

速く走るには
何が一番大事かって？
それはくるくるまわる
かわいらしいペダルさ

親指に力をこめて、ハンドルバーをギュッと握り、脇を心持ちしめながら手前に引く。頭をさげ、背から腰にかけてゆるいカーヴをかける。お尻はサドル後方に軽く乗せて座り、なにより体とすべての神経は、風と仲良くできるように、準備しておく。

自転車の部品のなかで、意外に無視されやすいペダルは、通常〝踏む〟とか、〝漕ぐ〟ものだとおもわれているが、これはたぶん正確ではない。走るための足というエンジンの回転を、きちんと駆動軸に伝達させるためには、踏むのではなく、まわすのだ。

つま先をペダルにのせ、かかとを下げぎみにして、足首から動かすような気持ちでまわし、なおかつ、移動しはじめたらかかとを後方に引きぎみにし、持ち上げながら回転させなければならないのだ。

人間を運ぶために、何世紀もかけて考案され続けてきたこの乗り物は、今では少し、あふれすぎているのかもしれない。ときどき河原の土手の、雑草などのあいだに転がっている、まっ赤な錆でおおわれた体をみると、思わずペダルだけでもはずしてあげて、油をさしてやりたくなってしまう。

ちなみに左側のペダルは、回転している途中、はずれないように逆ネジとなっている。いつでも踏まれるだけ、とかんちがいされているこの部品は、その構造においてもけなげで目立たない。

さて、ゆっくり走るにはどうするかって?
それは自転車に聞いてみて
あなたがこの乗り物を好きなら
きっと応えてくれるはず

## 途上

道はゆるやかな下り坂で、左に大きくカーヴしている。両脇にはたくましい若者の腕のような木々が、空を目指している。早春に、殻を破った芽が顔をだし、やがて展開するであろう、葉の茂り、揺れ、ざわめき、を思いおこさせてくれる。確実に発せられる空気の冷たい群れは、あらゆる生命を維持させるためにある。

私は腕にとまった、小さくて、黒くて、触角をクルクルまわす奇妙な虫を一匹、静かに追い払った。切株の上には、茶色いトカゲがいたような気がした。たぶん、気のせいだ。指でその切株にそっと触れてみると、陽に当たっている部分が、ほんの少し暖かかった。まわりには、まだ茶色い枯れ葉がたくさん残っている。そのあいだをぬって、クヌギの根元には小さな花がさいていた。姿はみえないが、近くのどこかでキジバトがしきりに鳴いていた。

私は深く、深く息を吸いながら、ゆっくりと下り坂をあるいた。道が終わるとき、丈の高い葦が無数に生えている、広々とした静かな沼があるはずだった。

## バナナワニ

ワニのなかに
バナナワニという種類がいる
と本気で思っていた

伊豆熱川のバナナワニ園で
ぼくは探しに探した
けれど
どこにもいない

むかしぼくは黄色い絵の具を一本
どこかでなくした
（いや、なくしたのではなく盗まれたのかもしれないけど）
たぶんそれはこの狭い教室の中に
あるはずなのだが
机
カバン
上履きの中まで
だけど、ない

黄色がなくなってしまったので
どうしても
きみの顔を明るく描くことが
できなかった

ぼくはなんとかして
見つけないと
きみがぼくから
逃げてしまうのではないかと思ったから
でも、あらわれなかったんだ

バナナワニなんて
いるわけがないでしょう！

バナナの木陰で
きみとワニが明るく笑っている

## 山桜

山桜の花びらのうえに
冷たい空気がまとわりついていて
まだホッと息がつけない
眺望はそれなりにきくのだが
枝と枝とのすきまに
チューインガムがあったり
根元にジュースの空き缶がすまなそうに
ころがっていたり
遠くには鉄筋の建物や
無機質な高速道路が見えていたりする
それでもかたわらには紫色の花が
（花の名前はわからない）
まだ踏まれもせずに生きていて
山桜をあおげば
太陽がまぶしくあり
妻は頑強で
子どもは空の果てにむかってよく笑う
そんなときぼくは
父親をおもいっきり殴った昔のようにひっそりとやさし
い

## 杉の樹の大木の

杉の樹の大木の
陽の光のあたっているほんの一部分
わたしはこごえた右の手のひらを
赤んぼの尻をなぜるように
そっと木肌に触れてみて
声のでないぬくもりを
直接手のひらからのみこんでみる
うわーっ、あたたかい？

頭の先から走るような声をだし
すぐにわたしのマネをして
ひとまわり小さい手のひらが
(その手の形はわたしにそっくりだ)
背伸びをしながら
おなじように
わたしのごつごつした手の右側に
勢いよく触れようとしてくる
お弁当の入ったリュックが揺れる
靴と靴とがぶつかったりもする
そうしてわたしたちふたりの手のひらが
呼吸の窓を通して握りあうと
小さな手のひらのそのまた右側には
白い指先の細い手のひらが
いつのまにかスッと加わって
息を吸ったり吐いたり
杉の樹の大木の
陽の光のまあるい窓に
大きな手がひとつ
小さな手がひとつ
中くらいの
白い手がひとつ
あたたかく手が三つならんだのだ

## 明日の朝食

朝陽の近くに
物静かな鳥の声がする
(鍋に大豆を入れ、柔らかくなるまでじっくり煮ます)
おくれそうな目覚めとともに
少しでも朝刊に触れられればいいが
(煮大豆はザルに取り、水気を切り、熱いうちにボール
にうつします)
あわただしいテーブルには
香ばしいかおりがただよい
(納豆菌は付属の匙に軽く一杯取り)
バタとジャムと

コーヒーにはミルクをたっぷりと
（煮沸殺菌した水20ccで溶解して上からふりかけ）
妻が子供を起こしている
ゆっくりと手をそえて
（木べらで攪拌します）
おはよう
おはよう
（殺菌した経木を三角に丸めて大豆を少量ずついれます）
髪がS字にたっている
ぬれたタオルで髪をおさえるといい
（タオルや毛布を厚く巻いて）
明日は三人で
ゆっくり食べようよ
（発泡スチロールの箱などで40度位に保ち、24時間置きます）
誰にもまねできない
ぼくんちだけのものを

＊（　）内は富沢商店の「自家製納豆の作り方」から借用

## 深夜と呼ぶ時刻に

原子力発電の話をした。すべての物質は原子から成り立っていることも少し。原子の中心には原子核があり、そこには陽子と中性子との数が等しくバランスをとっていることも話した。でもそこでやめにした。

たぶん、みんな、原始生活からやりなおさなければならないのよ、きっと。今どき農薬を使わない野菜なんて、本当はないから。だって、土そのものが化学肥料をふくんでいるんだもん。

窓の外で何か物音がした。わが家の飼い猫だった。

それから北海道の大原野の中にいた、小さなアブのことを話した。ぼくはアブが怖かった。アブは人や牛を刺して血を吸うからいやだったのだ。でもぼくは一度も刺されたことはなかったのだけれども。

北海道っていいよね。あたしも大好き。何度行ってもいい。ねえ、今度お金ためてみんなで行こうよ。テントもってキャンプするの。外でごはん食べるととってもおいしいよ。

猫が二人のあいだに入ってくると、尖った瞳でぼくらを見つめた。

学校教育の心の躾についても話をした。小学校の時の担任の先生の悩ましい腰つきのことも。その先生はぼくらを残して、すぐに結婚してしまったのだ。そう、なんだかとても些細なことだ。

今日の懇談会ね、みんなすごいの。自分の子だけがいつも一番だと思ってる。バッカみたい。たいしたガキじゃないのによ。どの子もね。くだらなくって、すぐ帰ってきたくなっちゃった。

猫が一声ないた。それは筒でくりぬいたような青空をぼくに連想させた。

あらすじなら最初から最後まで話すことができる。「巨人の星」の。あの大リーグ養成ギブスはすごかった。服をぬぐとバネがジャーンとでてきて。飛雄馬の涙は自分の涙のように感じてた、とくにあの頃は。

ねえ、むかし「サインはV」見てなかった？　わたしは、とっても好きだったの。まだホントわたし小さかったけど、でもそれだからこそ楽しかったのかも。稲妻サーブとかエックス攻撃とかあるんだよ。すごい威力なんだから。

空はいつも頭の隅っこにツブツブのように群がっているものだった。

プレゼントは何にしようか話しあった。何かほしいもの、言ってるか？　とぼくは君にたずねた。なんとかみつからないように買ってこなくては。そう、車のトランクにでもしばらくおいておくか、そうすればわからないだろう。

そういえば、誕生日、何つくろうか？　もちろん、あの子の好きな物がいいよね。トンカツにしようかな、なんか最近たべてないよね。それにケーキもね。クリームをたっぷりぬって。

　空をつぶしながら、ぼくは母親の話を、君は父親の話をはじめた。

おふくろがはいていた足袋の話だ。そう、フクスケの足袋だ。あの足袋、どういうわけか、ほんの少しかかとのところがほつれていたのだ。なぜだろうか。正装していたおふくろの足袋の、なぜかそこだけとっても気になって。

あたしはなんと言ってもかき餅を作るお父さんね。いま思いかえすととてもこわい感じ。ひびわれたお餅を一生懸命割って、それを油であげて、最後にお醤油を少しかけるの。すっごく真剣な顔で作ってるの、あのお父さんが。

　ぼくらは空を思いだしながら、ひとしきり、笑えるだけ、笑いあった。

## 日曜日にて

見晴らしのいい丘の上
ふろしきをほどいておばあさんが
おじいさんに大きなオニギリを手渡した
手づくりの
見慣れた三角形がさりげなく移動する
（あの人はいったい、いくつぐらいだろう？）
（どうでもいいじゃない、そんなこと）

赤い水筒からは
湯気がまるくなったように見えて
こんどはお茶が
あぶなげなく
手から手へ

(ぼくが年をとったらあのじいさんみたいになるな、きっと)
(じゃ、あたしはあのおばあさん?……)

おそろいの
赤茶色の登山帽
緑色のリュック
杖
人生っていうピクニックに
ビニールシートは一枚

(おばあさんがおじいさんにしきりに何か話しかけているよ)
(どうでもいいじゃない、そんなこと
　でもあのおじいさん、大きく大きくうなずいている)

よっこらしょという掛け声を連れて
おじいさんが腰をあげる
お尻についたホコリを
おばあさんが皺のよった手で
はたく
サン　サン　サン
サン　サン　サン

(さあ、また歩きはじめようかっ)
(たまの休み、日曜日にて……ってところね)

## 夏のテーブル

テーブルの上に

夏の朝陽がポンッ！

朝陽の上には
ミッキーマウスの絵柄の
マグカップがポンッ！
張りを失いかけているぼくの手が
カップの柄をおおっている

向かいの公園では
野球の練習をしている声がオーウ、オウ
少年がいる
強い真っすぐな陽の光で
声までゆがみながら

フッソ樹脂にくるまれて
夏はテーブルの上にもやってきた
たしかに昨年
ぼくはここでこうしていたし
来年も

きっとここでこうしているだろう

ふと、ある詩人の言葉を思い出した
「ぼくは
ある日、死ぬだろう。
（それがぼくの好きな
夏の夕暮れだったらどんなにいいか）*」

そしてぼくは思うのだ
どちらかというと
カブトムシを取りにでかけていった
あの夏の朝のほうがいいなと

妻がカップをかたづけると
テーブルの上には
夏がポンッ！
陽が
息つくひまもなくいちめんを埋めつくしている

＊菅原克己「詩人の喪」より

## 歩いて手紙をだしに行く

ポストまで歩いて手紙をだしに行く
家をでて左に曲がり
十字路を右に曲がり
二つめの信号を左に曲がるのだ
書かれねばならなかった
文字の束を
手に持って
決して短い道のりではないが
ぼくは歩いて手紙をだしに行く
犬がむじゃきに片足をあげている
太ったおばさんが一生懸命に自転車を漕いでいる
若葉が風にふれて何かしきりに訴えている
死を考えるのは
あたたかい陽をあびながら
生きているものを見たときだ
あと倍ぐらい歩くと
ぼくは確実にポストにつくだろう

## 最近やっとわかったことがある

川には水が
水の中には魚が
いるはずなのだが
ぼくにはいない
いちおう竿など持ち
竿の先には糸などたらし
糸の先には針などもつけ
針の先にはうまそうな虫けらまでつけているのだが
そうやってもう延々と三時間
ぼくは川辺に立ちっぱなしで
小さく光るものを
ただひたすらに待って

子どものころからそうやって
じっと立ち
待ち続けて三十年あまり
最近やっとわかったことがある
川原には石が
それも角のとれた大きくてまあるい石がある
ぼくはその石の上にゆっくり座り川面をながめてみることにしたのだ

してみたいなぁ

一度でいいから
原っぱでしてみたいなぁ

彼女が下になると
きっとチクチクと痛いだろうから
ぼくが下になればいいかもしれない
（このさいだから上着を敷いてしまおう！）

誰もいない原っぱは
裸のようにまぶしくて
風がクルクル渦巻いて
あん
という声もすぐどこかへ消えちゃうよ

誰もいない原っぱで
すべすべした髪の毛なぜて
少しちぢれた草もなぜて
（いちばん最後はどこへイク？）

いちばん最後は
ぼくも彼女もほこりをはらって
上着を着て
それから二人
宇宙の片隅の
ちっちゃな箱の中に帰るんだよ

# 原っぱに風が吹くと

おじいさんはゆっくりと帽子をとった
原っぱに吹く風にあたりたかったからだ
ただそれだけだ
ちょっと前までは
黒髪がバサバサゆれたが
今では白髪頭を丸坊主にしてしまった
余分なものはなにもいらなかった
風が身体の中を通過すると
腰をおろしてシャツをぬいだ
そうするといつのまにかおじいさんは
少年だったころのことを想いだした
少年が元気いっぱいに走りまわると
おじいさんはすばやくズボンをぬいだ
少しためらったあと
ゆっくりとパンツもぬいだ
日陰者にも一生に一度くらい
原っぱに吹く風をあててやりたかったからだ

ただそれだけだ
つぎにおじいさんは
ゆっくりと原っぱにねころがった
だれかが見ているのではないかと不安になった
そのとおり
死んだはずのおばあさんが
おじいさんのことを最初からじっと見ていた
おばあさんはそっと隣にやってきて
少年をやさしくにぎりしめた
おじいさんはここ数年
あまり元気にはならなかったが
ゆっくりと起きあがってくるものを感じた
おばあさんは少女のような
生きた笑顔でクスッとわらうと
むかしのように
若々しい少年にそっとキスをした
いつの時代にも原っぱには風が吹き
その風にのって
帽子がふわっと姿を消した

そう、風は吹き流れていくものだということが
おじいさんにはわかった
ただそれだけだった

## はじまり

草はらに腰をおろして
空の青さをひきたてているような
白い雲を見ている
しなびた髭のじいさんと
じいさんの横の
耳のまがった小さな犬と

じいさんは散歩の途中で
小さな犬は散歩に飽きたようすで
じいさんはのんびりと空を
犬はうろちょろ回りを
眼が細めで
眉がピクと動き
ぶつぶつと染みのあるじいさんは
遠いむかし（と言ってもたかだか五十年ぐらい）
はち切れた若者で
犬は
この世にはいなかった
でもこうして仲よく
一人と一匹で散歩に来ている

そのうち犬は草陰で
尻をかがませポトンとやった
じいさんは無言でシャツの袖を一折りし
ビニール袋で始末する
腰はふたたび草はらの上にもどり
いつの時代も変わらぬ雲を見た
今度は犬も
まっすぐ雲を見た

（『外野席』一九九七年ふらんす堂刊）

## 石を。

谷を下って
胸の奥から
せせらぎがあふれだしてきたら
靴の紐をていねいにほどき
ズボンの裾をまくり
靴下をぬぎ
素足になろう
早春の路草の
寒さがちぎれた
水に浸ろう
そしてぼくはぼくのいとしい人の
手の大きさを
頭のなかで
彫刻し
その人が両手で
ハイッ、と包んで持ち上げることができるほどの
石をさがすのだ
石はなるべく
まんまるなのが
いい。

## ヘミングウェイ全集第一巻

一冊の書物をどうしても読みきれないときがある。むかしは苦もなくさらさらと読むことができたのに、今は一行一行が妙にのどにつまってくるのだ。

かといってすべてが読めなくなったわけでもない。雑誌や新聞の類ならいつまでも文字を追っていることはできるし、疲れることもないのだ。

明け方の冷たい空気が気持ちよい部屋。まだ妻や息子は

眠っている時間。一冊の本が開かれたままになっている。

ヘミングウェイ全集第一巻。

ずっとずっとむかしから、何度となく読み返してきた作家。とくに短編小説は簡潔で読みやすく、だれにでもわかる言葉で書かれてある。

冒頭は「インディアン部落」という作品。少年ニックは安堵した女の顔と、血に濡れた男の顔とを同時に見ることになる。ぼくはそれを最後まで読むことができない。

## コップの縁のギリギリのところまで

まず最初に部屋の中をかたづけた。窓をみがき、床をしっかりとふいた。空はよく晴れた夜空で、梅雨はどこかへいってしまったかのようだった。ぼくにはそれが少し悲しかった。なぜって夜の雨を見ていたい気分でもあったから。床をふいたあとは、さて、何をすればいいのかを思った。うっすらと埃のたまったブラインドの羽を、一枚一枚ていねいにふいた。テレビはつけなかった。もちろん、ラジオもステレオも。熱帯夜だったかもしれないが、そんなに暑さは感じなかった。鍋にもコーヒーカップにも、水は一滴もついていなかった。洗濯物は乾燥しきって、箪笥のなかにおさまってしまった。七月九日、夜。そうやってぼくは新しい家族の一員を迎えるべく準備をし、コップの縁のギリギリのところまで冷たいビールを注いだ。

## ウグイス

ウグイスを飼う
籠のなかにおさめられた羽根をもった生き物
餌をやり、水を与え、掃除をし
夜には飼桶と呼ばれる木箱のなかに入れ
外敵から身を守ってあげる
まだ鳴くことをしらない幼い体

液体を探す口先のふるえ
空をつかむ眼
尾にいたるまでのふくよかな傾斜
握りしめたら息が絶えてしまう、あたたかさ
ひなが鳴きを覚えるためには
半年以上もの訓練が必要
最終段階においては
親以外の鳥の声を
（同種のウグイスも含めて）
聞かせてはならない
浮きあがり
香りが
飛び散るような
鳴き
その期間は三月から八月にかけてだ

## ヘイデン・カルースの詩を読みながら

ヘイデン・カルースの詩を読みながら
いつしかぼくは死んでしまった
気がついたときは
ひっくり返ったような朝で
歯をみがき
また仕事に出かけなければならなかった
その晩もぼくは
ヘイデン・カルースを読みながら
頭の中は
零下二十度の家に住む
そんな自分を想像し
寒さでぽっくりと凍ってしまったのだ
またまた気がついたのは朝で
パジャマの上からズボンをはき
そのまま仕事に行こうとした
ヘイデン・カルースを読みながら
深い谷のことを想い

さびしいという言葉の意味を考えた
庭園に
アワダチソウが生い茂り
そのなかで
ぼくは子どもの名前を
しきりに呼んでいる
ヘイデン・カルースの詩を読みながら
いつしかぼくは死ぬだろう

## 今、ぼくが死んだら

今、ぼくが死んだら
と思いながら起きあがった
ブラインドの羽根を人差し指で押し下げて外を見る
斜めになった陽射しが入る
午後なのに子どもたちの歓声がない
救急車のサイレンが遠くで鳴っている
時計の秒針が動く

スヌーピーのぬいぐるみがカタッと動く
お腹を押すと笑いだす玩具を遠ざける
タオルケットをかけなおしてから移動する
別の部屋に入る
ドアは閉めない
ほっとする
音楽はやめておく
大好きな詩集を手にとる
外は木枯しだが、中は暖かい、そんな詩集だ
髪の毛を梳かしていないことに気づく
顎の先にうっすらと髭が伸びているのがわかる
詩集を一冊読む
いいなぁ、と思う
どのくらいの時間がたったのだろう
外で子どもたちの声がひびきはじめた
詩集をもとの場所にもどす
先ほどの部屋へ様子を見に行く

## 黄金の砂

二本の足で
自分の体をささえる
右足を前におくりだす
左足を前にあずける
そうしてほんの少し移動する
右手が宙に浮く
左手が空をきる
バランスをとっている
頭がおもい
数メートルで尻をつく
見あげる
ぼくの顔を見ている
眼があう
その眼がほそくなり
前歯二本がまぶしい
座りこんだまま
ふいに
手を砂にうずめる
指がなくなる
手の甲も見えなくなる
やがて小さな握りこぶしがあらわれる
ふたたび
二本の足で
ようやく自分の体をささえる
右足を前におくりだす
左足を前にあずける
手が握られているので
よろけそうになる
握っていた手をさしだす
ぼくは彼の眼を見ながら
ありがとう
と言って黄金の砂をもらう

## 我、靴交換セリ

じゃ。
と言ってひとまず先に
詩人のOさんは
靴をはいて去っていったのである
はいたその瞬間
わかるだろうと思うのだが
自分の靴でないことは

汚レタル小サキ靴、高ク掲ゲ、靴交換セヨト求ム。一目見タリ我ノ靴、彼ニ合ウ訳モナシ。然シ彼、毅然タル態度ニテ、自ラノ足ニ合ワヌ靴求メタリシハ、ソノ靴ニテ遊ビ惚ケル意図ナリ。然ルニ我想像スルナラバ、足ニ合ワヌ靴ニテ、泥水ノ中ニ潜水スルニ及ブナリ。又、砂山、泥濘、アリトアラユル場所ニテ、我ノ大切ナル靴ヲ、玩具トシテ使用スルコト確実ナリ。然シ、イズレモ幸福ソウナ彼ノ、破顔一笑ヲ想像スルコト可能ナリ。イカナル年齢ニオイテモ、人ノ真剣ナル思イハ崇高カツ尊イモノト再考ス。我、仕事ニ向カフ時ニハ、ソノ靴ヲハカセテモラウ事ヲ条件ニ、彼ノ靴ト我ノ靴トヲ交換スルコトヲ呑ム。我、靴交換セリ。

では。
と言って送って行こうとした編集のSさんは
当然のことながら
Oさんの靴をはいていったのだ
雨降る夜の道なかで
男二人、どのように靴を交換したのだろうか

## 散歩

コンクリートの川岸を
息子とわたしの手と手が
むすばれながら歩いていると
ふりほどこう

と思っても
どうしてもふりほどけない
何かがそこに
あるのでありました
どこまでも続く
まな板のような路上には
なぜか一本、蛸の足が転がっていて
あっ、蛸！
と幼い手が言い
そう、蛸！
とわたしの手が言うのです
あわれな蛸は
春の風と虫の吐息にみまもられながら
人間に食べられることもなく
超現実の世界へ
旅だって行ったようすで
そこには
もどりましょう
と言っても
どうしてももどれない
そんな何かが
転がっていたようでもありました

## ペチャン

丸い物体
野球で使うボール
について考えている
ボールの丸さについて
硬さについて
重さについて
ボールと呼ばれるものの
正体について考えている
ぼくはこれを投げた
ちょっぴりむかしのことだ
そのときの肩のまわりぐあいについて考える
指をどのようにボールにひっかけたのか

手首をしならせたのかどうか
だれに向かって投げたのかを考える
ペチャンと音がした
今おもいかえすと懐かしい音だ
グローブのまん中から
ややネットに近いところで捕球したときに
出る音だ
だれが捕ったときのことかを考えた
背は高かったのか
低かったのか
友だちだったか
先輩だったか
父親だったのかを考えた
ボールが
ぼくの眼の前からどこまでもまっすぐに投げられる
いつでもどこでも
ペチャンという音がする
机の前の時間の外で
ひとつのボールの
ペチャンの正体について考えている

## 釣りに行こう

釣りに行こう
年若いぼくを誘うのは誰か
流れの向こうから
ゴム長をはいて
浮かびでてくる人は誰か
竿の先
見えない糸によって
たぐりよせるものは何か
淡い景色
水の匂い
あまり乗り気ではないが
釣りに行こう
と誘う言葉が水にとけて
針の先にはウジ虫をつけたか

はてはブドウ虫であったか
幼いぼくの手の先に
ブルッブルッと感じた手ごたえは
相模川に住む
マッコウクジラか
緑色の腹をみせて
糸を食いちぎっていく
釣りに行こう
はるか遠くの声の影には
ぼくのじいちゃんがいて
ぼくのおやじがいて
ぼくのぼくがいて
ぼくのむすこがいる
誰かがぼくに叫んでいる
釣りに行こう

## 独楽をまわす

先日わたしは十二歳の少年だった。彼のまわした硬い木独楽は、どこまでもまっすぐにまわり続け、静止していた。それは他を寄せ付けることもなく、凛とした空気を発散させていた。彼は独楽まわしにかけては自信があったのだ。

そのそばでは、いくらまわしてもうまくまわせない現役の十二歳がいた。彼は、紐を独楽にまきつけるのさえ時間がかかった。いざまわそうとすると、紐が粘土になったりした。やっとまわせたとしても、それは中年の酔っ払いだ。

ふいに転がり出てきた木独楽をもって外にでた。夜の九時すぎに。明日の学校の宿題が終わったばかりの、彼を引きつれて。必死に独楽をまわし続けているあいだ、わたしは誰にも負けたくない少年だ。もうすっかり汗をかいていた。

わたしはいつも、全身どしゃ降りだ。

ハサミ・硬式ボール・ホチキス

ぼくのほしいもの
平凡パンチの
グラビア
（プレイボーイもね）
とくにまあるい腰つきの
ハサミ

ハサミ・硬式ボール・ホチキス
地球の片隅に
ぽとり
野球のボールが落下
いつかどこかで見てしまった曇り空
ワレ、タンジョウノヒ

あれからぼくは
どこへ行ったのでしょう?
大人の入り口に立つ！
硬式ボール

硬式ボール・ホチキス・ハサミ
グラビアも
紅い縫い目も
とりもどせないぼく！
テレサ野田のあの笑顔
ああ、村野武範のやるせなさ
無礼なるシアワセ
そして今をつなぎあわせるもの
ホチキス

ホチキス・ハサミ・硬式ボール
ほんものの大人っていうものになりたいなぁ

ハサミ・硬式ボール・ホチキス
硬式ボール・ホチキス・ハサミ
ホチキス・ハサミ・硬式ボール
ハサミ・硬式ボール・ホチキス
硬式ボール・ホチキス・ハサミ
ホチキス・ハサミ・硬式ボール
ハサミ・硬式ボール
ホチキス

## 霧雨の日に

たとえば
霧雨の降る
長い一日
そんな日はずっと
たったひとりで
部屋の隅にうずくまっていたい
できれば物音が何一つしない場所

誰もやって来ない
新聞の集金人も
回覧板も
保険のセールスも来ない
秒針の音さえなく
ましてや選挙カーなど巡って来ない
霧雨の舞う日に
そんなぼくだけの部屋で
気のはりつめた一冊の詩集と
とびきり上等の童話を一冊
ぼく自身にさえも
邪魔されずに
ゆっくり一ページ一ページ
人さし指と親指のいちばんやわらかいところで
ていねいにめくってみたい
霧雨がぼくの気持ちをやさしくなでてくれる
そんな日に

# 花の名前

花束を贈ろう
と思うのだけれども
花屋から買ってきた花でなく
ということは
もちろん売っている花ではなく
それでいていつも見慣れていて
つつましやかに野辺で咲いていたはずのあの花
その花束をなにげなしにうけとって
人はみるみるうちにやさしくなったし
ぼく自身は多少なりとも
強くなれたような気がする
花はだれでも摘むことができて
だからぼくは幼い頃から
いっぱい摘んでは
茎のところであわせ
何本も何本もかさねてきたつもりだ
うすくて淡い白が
しっかりとした輪郭をもって
花が肉体の曲線を持つ花とわかるようになるまで
つまり微笑みで満たされるようになるまで
ぼくは息を吹きかけて
確実に大きくしようとした
ねえ、
あの花を
一生のうち一度でいいから
今度はぼくが
そっとさしだしたいと思うのだけれども
だから
だれか教えてくれないか
残念ながら
その花の名前を
ぼくはいまだに知らないから

## ぼくらは一日中おいかけっこをした

ぼくらは一日中おいかけっこをした
空にのびている松の樹の幹に
両肘をつきながら眼をかくし
数をかぞえる
すばやく十まで読みあげると
遠くへ逃げていく影があるのだ
いつまでたっても
つかまえることができないので
そのまま地面に
バタリとあお向けにねてしまった
するとワサワサと高鳴る心音といっしょに
遠くの空で
松の枝もワサワサと揺れているのだ

## 通学路

わたしの数メートル先を歩いている
ランドセルを背負っている君
君はどこかで会ったことがあるような
なんとなく後姿が
わたしの息子にそっくりで
しかし君は髪の毛が意外に短くて
息子はもっと長髪で
色あせた茶色のジャンパーなんて着ておらず
ましてや色のあせた
コーデュロイのズボンなんて
はいちゃいない
でもその後姿が
息子にそっくりで
いやむしろわたし自身にそっくりで
人違いに決まってはいるのだけれど
なんだろう
この胸さわぎ

走ってわたしは君に声をかけたくなり
走りだすのだが
いつまでたっても追いつけない

## 流星

肩に手をかけると
とても楽な背の高さになった
寒いか？
と聞くと
寒かない！
と言う
上ばかり見つづけているから
首がいたいだろう？
と聞くと
いたかない！
と言う
流星はまるで見えない

見知らぬ人たちの
くぐもった話し声だけが
夜明け前の暗さの中にちらばっている
ぼくはとても寒かったので
肩においた手で
体をひきよせると
なにすッんだよ！
と言う
そんなとき夜空に
フュイッと光が生まれた
ぼくらはあわててポケットから手をだして
両手をあわせる
何を願っているのだか知らないが
おまえ、それじゃおそいんじゃない？
と聞くと
お父さんだって
と言いかえしてくる

## 歳月

ぼくが彼に会ったのは
ちょうど十二年も前のことで
もうそんなに経ってしまったのかと
振りかえってみても
愕然と彼は
どういうわけかそこにいる
はじめましてをしたとき
こまっちゃくれた言葉なんか
まだ一言も話さないで
何がそんなに悲しいんだか
ただウギャラフギャラと泣いていた
そのときぼくは
あとで妻にうるさく言われるのもなんだから
記録の写真を数枚撮っておいたのだけど
先日
あまりに生意気な態度をとるもので
その写真を彼につきつけて

お前にもこんなときがあったんだ
とかなんとか言いながら
少しばかり親父面をしてみたのだが
生まれたくて生まれたんじゃない
なんて
むかしぼく自身が
親父にむかってたたきつけた言葉を
そっくりそのまま
マネなんかしやがって

## 闇

詩を書くわけでもなく
テレビを見ているわけでもなく
妻も息子も
寝てしまっているのに
真夜中
ぽっかりと

ぼくだけ
おきている
ただボンヤリと
まがりくねったままの夜を
独り
じっと座って動かない
明日も仕事だというのに
いや、もうとっくに日付も変わっているというのに
眼を閉じず
石に
なりすましている

今日、ぼくは詩を書いたか

台所がある
テーブルがある
テーブルの下で猫が笑っている
狭い部屋

息子が寝ている
すべてが
横倒しにされて
かたまってしまった椅子の
かたち
見つめていると
一個の死体を思い描いた
もう笑うことのない
やさしさのぬけ落ちた
ひとつの物体
一直線に
死に向かうぼくたちがいる
江ノ電が藤沢を出
街の中を通りすぎ
いきなり湘南の海が見えると
ぼくは海の色がそこにあると
思うんだなあ
ぼくがぼくの脱け殻になっても
青の群れは

この部屋の中に残るのかなあ
テーブルがある
テーブルの下に猫はいない
今日、ぼくは詩を書いたか
と問いながら
コップ一杯の海を
死体の中へ注ぎ込む

眠る前に歯を磨いていて思いだした小説

ガレージセールの庭先で
ダンスをしているんだ
机のあった場所に机はなく
ワゴンのあった場所にワゴンはない
ダブルベッドがあった場所にベッドはない
家のなかが広くなり
反対に庭先には
ベッドやらテレビやら
机やら
ワゴンやらが
積まれていく
たしかそんな場面があったっけ
若いカップルが通りかかり
いろんなものを買いあさり
そのうち
ダンスをはじめちゃうんだ
踊って
踊って
ぼくの父親みたいな破れた男が
すべて売り払っちまって
酔っぱらって
踊って
また踊って
女と踊って
人目も気にせず
ダンスを
踊り続けるんだ

さてそれからどうなるんだっけ

## 蜜柑を噛む

蜜柑を噛むと海が見えた

葉の肉厚と丸みがあふれる
蜜柑畑の中で
緑に抱かれながら
いつしか眠った
海がすぐそばにあって
潮の匂いがして
眠っていると
耳の奥で貝の割れる音がして
眼の上では
表面滑らかな
蜜柑がいっせいに
ぶら下がっていて
ぼくはいったい何歳になったのかを考えながら
砂まじりの湿った土をけり
走り出す
刺のある枝をすりぬけ
畑の中を駆けぬけ
海が見えはじめると
だれかが砂浜に打ちあげられているのがわかる

おとうさん

海が見えると蜜柑を噛んだ

## 煙

煙のテツガクがやわらかく空へ
行きつくことのない橋の下
焼けているのだろうか

焼いているのだ

釣竿とカラのビクをぶらさげ
煙に歩いてしまう

風と音　激しく抱きあって動かない
冬の川原のお昼どき

ヌルリともせず　まっすぐがいっぽん
ひたすら空に

水鳥の未来に水面が動き
サギの口先で魚が叫ぶ

音をこわすものは
クチビル　ふるえているね

燃えている
うまれたときから空に向かって歩いている　ぼくたち

あれは人です
あれは人を焼いているのです

## 氷水

春の宵がやってくると
夜気のなかで
ぼくは何もできなくなる
空白が
全身にあふれだして
あちらの世界が
たえまなく
ぼくの方に近よってくるように思えるからだ
近よってくるのは
あちらの世界だけではなく
死んだはずのおじいちゃんが
ユウちゃん

とやさしく呼びながら
やって来たりする
あたたかい夜なのだから
水でも一杯
サリッリッと割れる
氷もいれて
おじいちゃんは
すきとおったその口で
すきとおったその水を
うまそうにひと口すする
春の宵
うまそうにひと口すする

（『今、ぼくが死んだら』二〇〇二年思潮社刊）

詩集〈にぎる。〉から

## いつまでたっても

イチゴジャムが煮えている
部屋の中に甘酸っぱい匂いが染みついている
夕暮れが音をたてずに散らかっている
テレビでは明日の天気を伝えている
幼い息子は積木をひとつ重ねている
猫は尻尾を嚙むような形で丸くなっている
あなたは今頃なにをしているのだろうか
蛇口から水のほとばしる音がしている
甘い匂いがあふれだしている
夏の海を描いた小さな絵が掛かっている
以前に花瓶を落としたときのへこんだ傷がある
幼い息子は積木をまたひとつ重ねている
猫は尻尾を軽く嚙みながら寝息までたてている
あなたは今頃なにをしているのだろうか

蛍光灯が青白い熱を放った
窓が開けられ部屋の空気が膨らんで縮んだ
夜はもうそこまできていた
テレビのニュースでは今日も殺人事件を報道していた
幼い息子は積み上げた積木をとうとうくずしてしまった
その音に驚いて猫は飛び上がって逃げていってしまった
ぼくはいつまでたっても独りを握りしめたままでいる

## 初夏の砂浜の上で

濡れたってかまわないのだけれど
靴下を脱ぎ少しだけズボンの裾をまくりあげて
靴のかかとをふんづけたまま歩いている
足跡は一瞬かたちを浮かべたあと波にもっていかれる
消えてなくなるのはすべて何もかも同じだ
静かなしぶきを感じ陽の光をまともにあびながら
子どもの手をひいていると
たとえば
ウィトゲンシュタインという響きを聞いたあとに
レントゲンとフランケンシュタインが浮かびあがると同じ具合で
ぼくの脳裏に幼い頃に読んでもらった本がよみがえってきた
それは、今まで握りしめていた手のひらみたいにやさしく
眼の前に広がる果てしなく深い光景
だれにでもあると思われる自分だけの一冊
表紙の青っぽい色や紙の匂い
真っ赤なキリンが漆黒の空を飛びまわって
どこへやらに行ってしまうという不可思議な内容の
一場面だけはしっかりと覚えているのだが
そう、たしかにあれは
ぼくの実家の
母屋の六畳の
薄暗い部屋の片隅で
母親に読んでもらったものだった
だが書名も著者名も思いだせない

あの本はいったいぼくの何だったのだろう
できることならばもう一度出合ってみたい
どのくらいそうして考えていたのか
意識が霧の中にあるあいだずっと
ぼくは初夏の砂浜の上でたたずんでいたみたいで
子どもはもうお尻までびっしょりと海水で濡らし
はしゃぎまわりながら
いつかは忘れてしまう思い出づくりを続けている

## 夜から朝へ

くぐもった声の裏側で、ぼくは眼を覚ました。

まず腕を見た。それから腹を見た。そして足を。どれも自分ではなかった。すべてが硬い殻におおわれていた。それもずいぶんと黒い。立派なものだ。指というものがない。両脇に三本ずつ足がのびている。節から節へとのびた先端には、二股に分かれている鉤爪がある。記憶の中の自分の足とは、異なる足があるということに悲しみを覚えた。カフカという作家が書いた小説、「変身」が浮かんだ。きっとあれは現実のことなのではないかと思った。そしてぼくは頭のなかで考えている。ぼくは……という言葉使いより、俺は……という言葉を使いたくなったと。俺は強くなった。俺はみせかけの強さに魅かれた。「こいつぁいいや！」笑いたかった。笑ってしまいたかった。笑うしかなかった。だが声は出なかったのだ。声を出そうと思うと、首や胸からギシギシと妙な音だけがした。暗闇のなか、臭いや気配には敏感になれた。頭のほうから自然に感じ取ることができる。不思議な感覚だ。怖くはないし、もう、眠りたいとも思わない。眠ってしまったら、またなにもかも昨日と同じになってしまうような気がして。未練など感じなかった。書物も言葉もいらなかった。そう思えると急に心が平らになった。心地よくもなった。匂いを感じる。甘酸っぱい匂いだ。これは雌の匂いだ。しがみついている場合ではない。背中に力をいれた。硬い殻が二枚開き、薄い羽をおもいっきり開いた。

沈み込むような雲がある。そのすきまから光がもれる。

どんよりと頭も重いが
俺は朝がきた。

巨大な乳房であった。

曇った朝だ
英国の小さな炭坑町で生まれ育った
煤で黒く汚れた上着を着て
ハンチング帽をかぶっている
兄が五人もいて姉が一人いる
一番年下のぼくは
いつもチビと言われて頭をつかまれるのだ
脇にサンドウイッチを抱え
朝霧と露とで濡れた石畳の上を
硬い革靴でガツガツと歩く
先頭はでっぷりと太った父親で
あとを追うように男ばかりが続き
聖歌の二四四番「荒野を旅する」を歌う
曇った朝と山の黒とが眼の前にせまり
厳しい労働の一日がこれからはじまるのだ
家の扉の前で送り出すのは母親と姉の役目
両手を腰にすえたまま
しっかり働いてくるんだよと
いつまでも見送っている母親の
樽のようなお腹の上は
それは巨大な乳房であった
曇った朝に何もかもすべてを圧し潰し動けなくするほど
の
それはそれは巨大な乳房であったのであった。

ベレー帽をかぶったおばあさん

ベレー帽の似合うぼくの大好きなおばあさん
ねえ、またハックルベリー・フィンの話をしてよ。それから庭に捨てられていた、かわいそうな子猫の話も。この前読みはじめたと言っていたプルーストの「失われた時を求めて」は全巻読み終わりましたか？

ベレー帽の似合うすてきなおばあさん
空は気持ちよくくすぶっています。そんな曇りの一日は、洗濯ものが乾かなくって困るでしょう。外に干せなかったら家のなかに吊るしておいてくださいね。少し臭いが気になるようでしたら、強力な乾燥機でもまわしておいてくださいな。午後にはゆっくりと、熱いコーヒーでも飲みながら、音楽を聴いてください。頭の後側からあなたの過去が追いかけてきてもそれは振りはらってはいけませんよ。

ベレー帽の似合う笑顔のおばあさん
あなたの持っている書物を教えてください。太宰の「御伽草子」はお持ちですか？　フランソワ・ヴィヨンの詩集は？　ボードレールより、ランボーがお好きでしたか？　両人ともお嫌い？　チェーホフの戯曲は？　「デルス・ウザーラ」はあなたの好きな本でしたね。「沈黙の春」や「森の生活」ももちろん、お持ちだったですよね。つげ義春は「ねじ式」よりも「夏の思い出」がいいのでしたね。それも持っていますか？　ああ、「赤毛のアン」は全巻、「ムーミン全集」と「クラバート」は書棚の隅にあるでしょ？

ベレー帽の似合うやさしいおばあさん
ぼくはあなたが若かった頃の体を想像します。胸がふくらみはじめたころ、乳首は少し痛くなりましたか？　今でもシャンとしている腰はつるりと引き締まってゆるやかなカーヴを描いていたでしょう。豊満なお尻は、水をはらうように、男の手をすべて弾き飛ばしていたでしょう。でも、でも、おばあさん、あなたのすばらしさは若い頃の肉体にあるのではないのです。今のあなたのその笑顔が最高なのです。眼のふちの皺。今でもくっきりと現れる笑窪。これまでの人生すべてが、素晴らしかったという証拠のような気がするのです。若いだけがいいってことじゃないのです。ぼくにはそれがよくわかるのです。ぼくはあなたの手を引き寄せ、強く抱きしめたいのです。

ベレー帽の似合うきびしいおばあさん
ときどきどきりとしたことを言う。やさしさの中にひそむ鋭いナイフ。人を傷つけるに足りるその言葉、しかし人を生かす言葉に早がわり。それだけあなたの言葉は真実を語る。どんな人でも真実をつきつけられれば背をむけることはできない。あなたはそれを知っているし、あなたの言葉はそれを信じている。

ベレー帽の似合うぼくの大好きなおばあさん
死んじゃいやよ。でもいつかは死んじゃうから。ぼくはあなたといっしょになりたかった、と今本気でそう思っています。人間としてぼくはあなたとずっと生きてみたかったと思うんです。男とか女とか若さとか老いとか卓越とか未熟とかそういうものをすべて取り払って、生きているものとして、いっしょになりたかったと思うのです。あなたはすべての生き物に対して、まあるく円を描くことができる人なのです。だからバッタが死ぬとき、あなたに挨拶に来てくれたのでしょう。
さようなら、また明日。
ぼくの大好きなおばあさん。

## 握っていてください

蛇口をひねるあなたの手で。包丁を持つあなたの手で。ミトンの鍋つかみの中に手を入れるあなたの手で。赤ちゃんの手を握るように。やつれた母親の背中をさするように。開いた傷口にそっと薬をぬりこむように。ぼくの陽の当たらない寂しげな部分にあなたの手をそえてやってくださいませんか。

日陰者のわりにはいつもあたたかい場所なのです。ぼくはいつも眠る前に必ず一度は握るのです。ものごころつくころから　ずっと。ずっと　ものごころつくころからのご縁なのです。切ろうとしても切れない遮二無二あり続ける塊なのです。最近では無理矢理に断ち切ってしまう方もいらっしゃるようですが多くの人たちはしっかりとそこに存在しているみたいなのです。またぼくも例外ではございません。人間そのものの根源とに誓っていつもやさしく握りしめているのです。

できればしっかりと見つめてほしいのです。人が話しをするときに人の眼をしっかりとみつめているように。あなたの眼がかがやくように。そしてぼく自身もしっかりと起立していたいのです。あなたの視線でどうかぼくを縛りつけてください。やさしさのかたまりでぼくはすべてを支えてもらえることでしょう。そうしてからあなたの五本の指をぼくのたよりないものに絡みつかせてほしいのです。

いつになっても帽子が脱げませんでした。夏のあいだは陽を避けるために。冬の寒い日には耳まで覆いかぶさる毛糸の帽子を。北風のときにはあごにゴムひもまでくくりつけてぼくは帽子を脱ぐことができませんでした。春一番にも秋の木枯らしも。いえいえ落下する異物にたいしても帽子は非常に意義あるものでした。ぼくはいつも目深に帽子で頭を覆っていたのです。あなたは帽子をやさしくとってくださいましたね。

あなたが触れようとするものはあなたも大事なもの。そしてぼくの命にかかわるもの。人に触れさせたことがないもの。他人に見せたことがないもの。ぼくはこれを大切に毎日さわって確かめている。やわらかくてときにかたいもの。熱いもの。涙もふくむ　ぼくのやるせなく苦しい　皺がいっぱいの。
あなたのその手で　ぼくのを握っていてください。
あなたのその手で　ぼくのを握っていてください。

きみの場所だよね

不思議だな
手を動かして
そっと置いてみると
ちょうどいい場所にあるんだ

子ども心になぜだろうって思っていたけど
毎晩眠りにつく前に
あきることもなく
自分の手をその場所にあてがって
軽く触れてみるんだ
ときどき握ってみたりもするんだ
すると自然に落ちつく
ぼくの心に平和が訪れたのさ
土砂降りの雨がふっている晩にも
ぼくはさわやかな草原にいたし
昼間、さんざんに怒られたときにも
山の頂から下界を見下ろしているような気持ちで
眠ることができるんだよ
だから男は
このグチャグチャな闇のなかを
生きていくことができるんじゃないかと
思った
がしかし
人生にはいろいろなことがあるものさ

ぼくはときどき
角度をかえて手をのばすと
そこにはまた
不思議なことに
別なものがあって
たぶんそこはきみの場所だよね
ときどきおじゃましちゃってごめんね
ぼくにはまた
新たなる平和が訪れる気がするのさ

## やさしい木陰

一本の樹の下に立っていた
耳の奥がツンとして
汗が水滴をつくって
のどが渇いて
でも休むつもりじゃなかったんだ
坂のてっぺんにある出張先

長い石段を
一歩一歩のぼって
やっと中腹まで来て
折れまがった踊り場に
一本の樹とやさしい木陰を探した
早くしないと午後からの
大切な会議におくれちまうけど
心のどこかで
ちょいと休みなよ、おじさん
と誰かが言ってたんだ
くるりと風が巻いて
シャツの襟を吹き流した
ぼくはハンカチを握りしめ
汗をぬぐった
見渡すと
下には小学校が見えて
だれもいない校庭は異様に静かで
ただスプリンクラーが
水しぶきをあげていた
校庭の外側をかすめて
髪の長い女性が
キラリと光るまぶしい自転車に乗って
走っていくのが
見えた
音のない世界を涼しく切りひらきながら

## 泡がでている——Yさんに

こうして並んで座って
遠くを見ていると
なんだかとてもなつかしい匂いがして
ここに来て眺めていれば
きっと思いだす
と言ってくれていたのだけれど
何を忘れていたのか
それさえぼくには思いだせないのだが
白髪になってもぼくは染めたりしないよ

薄くなってもカツラは絶対つくらないよ
ポツリと言うと
年相応ねと言う
ぼくらの大好きな詩人の詩にあった
白い雲があって
蝶がとんでいて
（貨物船は見えなかった）
はるか彼方に遠い忘れ物だけが見えていて
ぼくは以前ここに来たことがある？

プルリングに指をひっかけて折りかえす
泡がでてくる
手に持って振ってきたからだろうか
泡がでている

## もう少し

もう少し
と言って
君はその場所を立とうとしない
もう少しとは
いったいどのくらいのことを
さしているのだろうか
しばらく
ぼくは
頭の中を行ったり来たりしている
その言葉に含まれているものを
考えていて
もういいかい
と聞いてみると
まだそこに座ったままで
ふたたび
くりかえすだけ
遠い忘れ物も

今は見えない
波の色も重たくなってきている
上空にはほどよく風が吹いていて
やがて白い雲が太陽をおおいかくしながら
あとわずかで
そのまま音もたてずに沈んでなくなってしまうだろう
たぶん君が発した
求める言の葉は
ぼくらにとっては
追いつくことができないものなのだろう
まもなく
ぼくは君に手を差し伸べる
小高い丘の上
波を見つめながら
いつまでたっても
もう少し
とだけしか言わない

（『にぎる。』二〇〇七年思潮社刊）

詩集〈ゆっくりとわたし〉から

## 走るのだ、ぼくの三船敏郎が

ねえ、ちょっと聞いてよ。走るのだ、ぼくの三船敏郎が。どこまでも肩を上と下に揺すりながら、そのたびに息が、土砂降りの雨の中に消えていくんだ。肩から胸にかけて肌もあらわになって、いたるところに泥までついていて。走るのだ、三船敏郎が。剣を振り回しながら、雄叫びをあげながら。眉毛の一本一本には神経が入っていて、そのどれもがピンとしている。額にも神経はそろりそろりと生えそろっていて、そこには電流が走っている。光がどこからか流れてくるが、それは剣から飛び出しているのではなく、眼の底から発射されているのだ。走るのだ、三船敏郎は。腕にさえ血の筋が盛り上がって、胸は硬くなり首の筋が浮き上がり歯と歯はしっかりと合わされつつ、それでも、息は弾丸のように空気中に、はげしい雨の中に、打ち込まれていく。太腿は、肉を大きく盛り上がらせ、足首にかけての筋はおそろしいほどに伸びきっている。走るのだ、ぼくの三船敏郎が。走って、走って、走り抜けて、息を四回も吐き続け、一度だけおもいきり吸い込んだ。一軒の飯屋がある。ひなびた飯屋である。三船敏郎が再び走る。飯屋に向かって。戸を開ける。土間に踊りこむ。炊事場に回る。大きな飯炊き釜を見つける。大きな飯炊き釜の重たいふたをあける。そこには真っ白な飯がある。雨と汗と筋肉が盛り上がる腕は、大きめの丼をがしりと左手でつかむと、へらで飯を丼に盛り付けた。どんどんと盛り付けた。もう、これ以上は入らないだろうと思うまで押し込んだ。そして、割り箸を口にくわえると右手で箸をふたつに剝ぎ取った。眼が白いものを見つめる。まず咽喉が上と下に動く。と思うが同時に、口が開かれ、飯が投げ入れられる。次から次に、白米は口の中に放り込まれる。丼の飯があからさまに少なくなっていく。額には滲み出るものがあって、だがそれを拭おうとはしない。咀嚼する口元が、動く唇が、ぎらぎらとする眼が、動き続けている。咽喉がクッと一回鳴って、また再び動き始めた。走るのだ、三船敏郎よ。誰かのもの、じゃなくって、ぼくの三船敏郎の。動き続け、走り続けた三船敏郎の。走るのだ、ぼくの三船敏郎が。

## レールの響き

今から考えると、なぜそんな危ないことをしていたのだろうかと、少々いぶかしくなる。昭和四〇年代、ぼくの育ったところはまだまだ田舎で、野原や畑が多く、雑木林なども残っていた。子どもたちの遊び場といったら、もっぱら雑木林であったが、そのほかにも遊ぶ場所はいくらでもあった。ぼくはある日、線路へ行った。都市へ続く、近郊の在来線は生活の足そのものだったろう。子どものぼくにはそんなことは知る由もなく、ただ、電車が通る、それだけのことだったのだ。電車がとりわけ好きだったわけでもなく、遊びに飽きたときなどは、ときどき出かけて行った場所というだけだった。当時、電車が何分間隔で走っていたのかも知らないし、興味もなかった。ただ、茶色い鉄の塊が、遠くからこちらに向かって走ってくる姿には、勇ましさなどより、ある種の美的な感覚が伴っていたように思う。子どもながらに、その姿にあこがれたのだ。しかし、そのときは違っていた。線路内にはいともたやすく入れる。ちょっとした土手を登り、降りていけばどこからでもすぐに線路にたどり着いた。ぼくはそうやって線路内に入り込んだ。ここの地形は河川の河岸段丘の最上部に位置する高台で、坂はなく一面の原っぱだった。どこまでも平地が続いている。平地をまっすぐに突き抜けるように、二本のレールが続いているのだ。大きな真っ白な紙を、鋭利なナイフでスーッと切れ込みを入れていくように。ぼくは線路に降りるとレールの側に立った。かがみこんで、耳をレールに近づける。そっと、本当にそっと、当ててみる。ひんやりとした感覚が耳全体をおおう。よし、と思う。まだ、音はない。ぼくは用意してきた古い五寸釘を取り出す。レールの上に置く。置いた瞬間、ぼくはとっても気持ちが高揚する。静かな心の高鳴り。レールの上に乗せられた五寸釘は、電車の重たい車輪が完全に押し潰してくれるのだ。釘の錆はあざやかに消し取れ、まっ平らにプレスされた鉄片はまさしく小さなナイフのようになる。ぼくは釘をレールの上に準備すると、あとは時間を待つばかり。土手に座って草笛を作って吹いたりしている。時おりレールの上に行っては耳をつけ、音を確認するのだ。電車はかなり遠い所にあっても、その音はレールを伝わって響いてくる。カツーン、カツーンという音が耳の奥に響いてくる。いい音だ。音は次第に大きくなってくる。電車が近づいているのだ。ぼくはレールの上に置いた釘の位置を、もう一度確認してから離れようと思っている。土手の窪みに身を潜めていれば大丈夫だと思っている。そしてもう一度、耳をレールに戻す。音は確実に大きくなっている。カツーン、カツーン、カツーン。もう少し、もう少し大きくなるまで。もう少し。

## 足袋とＵＦＯ

ちょっと不思議な話です。足袋を履いたのです。運動会に。小学校の秋の大運動会に白足袋を履いたのです。足が軽くなるからでしょう。それに素足じゃないので、ちょっとした危険防止にもなります。足に固定する金具「こはぜ」はついていません。そのかわり、足首の部分にゴムが入っていて、するりと足が入れられるようになっています。底も布生地。運動会のときに一日だけ履く足袋。一日で擦り切れる足袋。ぼくはその足袋を小学校一年から三年まで三回履きました。三度目の時はゴム底になっている地下足袋でした。不思議な話はここからで、ぼくの同年代にこの運動会の足袋を尋ねてみましたが、誰一人として知らないのです。かえって笑われる始末。さらに不思議なのは、ぼくよりも上の世代の人たちも運動会の足袋の記憶はないというのです。もっと不思議なのは、ぼくの同級生さえも、ぼくは靴だった、という答えです。足袋は運動会の前日ぐらいに、業者が売りに来ていたのです。学校の講堂の隅で、大量の白足袋を拡げて。ぼくたちは並んで足袋を買ったはずなのです。業者までいて、皆で一緒に買ったのに、誰一人として知らないとは、ちょっと不思議な話なのです。不思議な話はもう一つあって、ぼくは運動会の帰り、大山の頂方面から不規則な動きをする飛行物体を見た事があるのです。鳥ではなく、飛行機ではなく、ロケットでもなく、流れ星でもないもの。空を飛ぶ物体としてはあきらかに不自然な動きをしているもの。ぼくが目撃したものは白い光を発して、放物線を描くように回りながら移動し、スッと消えていったのでした。運動会の帰りだったので、午後の三時頃のことだったでしょう。打ち上げ花火だったとは考えられず、宇宙から落下してきた宇宙ゴミだったのでしょうか。それにしても不思議なものを見たもので、これは絶対にぼくのＵＦＯ体験だと思うのです。またそれが、運動会の帰りだったことで鮮明な記憶になっているのです。足袋の話をすると、皆が皆、笑いながら知らないを繰り返していますが、ＵＦＯ体験の話をすると、あっ、それならぼくも経験があると、数人に一人は必ず得々と、自らのＵＦＯ体験を語りだす人がいるのです。ぼくにとって、これが一番不思議な話なのです。

# レンズ山

戦車道路を自転車で行くんだ。レンズ山を目指して。レンズ山は陽の光が当たると、ときどきギラリと光るので、遠くからでもわかるときがあるよ。ぼくらはレンズ山からガラスのかけらを拾う。きれいな三角すいの形になったのがいいよ。太陽の光が通るとき、ガラスのかけらは素晴らしいレンズになる。光は中で屈折して虹色になるんだ。小さな七色の光。プリズム。手の中に納まる三角すいのレンズ。だれが何のためにガラスの山を作ったか、それはだれも知らないけれど、ぼくらにとっては宝の山。だけど、そこに行き着くまでにはかなりの距離を自転車で走らなければならない。それも、でこぼこの戦車道路を。ガタガタガタと走って行く。キャタピラーの跡がずっと続いていて、走りにくいんだ。固い土が出っぱっていて、自転車には都合が悪い。おまけに水たまりもあったりして、戦車道路は戦いの道のようだ。ぼくらの自転車は揺れる。友達の自転車は三段ギヤサイクル。ぼくのは変速ギヤなんてついてない。それでも負けずに走るのだ。レンズ山を目指してね。ここは、あの頑丈な戦車が、米軍の補給廠まで、何台も何台も通っていったのじゃないか。重い車体が、柔らかい土を押し下げながら、何台も何台も連なって通っていったのじゃないか。だからこんなにでこぼこなのじゃないか。実際にぼくらは戦車が走っていったところを見たことはないけど、でも、戦車道路にキャタピラーの跡があることを知っているんだ。戦車道路は隣町の高台を走る。ときおり、眼下にぼくたちの住んでいる町が見渡せる。ぼくらはレンズ山に行き着くまでのあいだ、小さな木陰で休むんだ。空には白い雲。綿アメのような白い雲。透き通った空。サイダーのように透き通った空。どこまでも続いている空。戦車道路。まっ昼間だというのに、ぼくらの町には声がない。咽喉がない。首がない。そんな不完全な、ぼくらの住む町が大好きだ。ぼくは虹色の光をだす、小さなガラスのかけらがほしくて、ここまできた。レンズ山まであと一息だ。友だちがぼくに声をかける。さあ、行こうぜ、カナちゃん、と。ぼくはいつまでも、その言葉を心の箱にしまっておく。そして、ちょっぴり苦しくなったときに、この戦車道路で休んだことを想い出し、心の箱から取り出して、自分で自分に言いきかせるのさ。さあ、行こうぜ、カナちゃん。

## 父のこめかみ

父がごはんを食べると、父のこめかみはリズムよく、ふくらんだりとびはねるようにして動いた。ぼくはいつもそれを見ているのが好きだった。というよりは、どうして父の眼の上は、ものを食べると動くのだろうかと思っていたのだ。正確には眼の上ではなくて、眼の斜め上の部分で、それは頭と顔とをつないでいるほんの小さな隙間なのだけれど。父のこめかみが動くたびに、運動は激しいくらいに美しく、人間がここに生きているということを証明してくれた。ここにあるものは細い血の管であると思っていた。ものを口の中に入れたときに、上下運動をおこすため、どうしても動いてしまう部分なのだけれども。それは血を送りとどけるための大切な部分で、つまり血が通っている管なのだと思っていた。それをいつまでもじっとみているとなんだかぼくは、ぼくがぼくでなくなるような気がしてきてとても気分が悪くなってくる。ぼくはたぶんこの人の子どもで、ぼくの身体の中にある血の管の中に流れているものは、この人と同じ血があるのだ。そう思うとなんだか不思議でぼくはますます気分が悪くなってくる。つまりぼくのこめかみにも父と同じような血が出たり入ったりしているので、きっと眼の斜め上と頭との境にある短い血の管はどこまでいっても父と同じもののようでもあり、ぼくはそれを考えると青い空のように絶望した。父はよく血を流した。それもお尻から。人知れず、痛みの底から我をしぼりだしてきたのである。流された血は、便器の白さに混ざっていったいどこまで行ったのであろうか。これは笑い事ではなく、父の血はしっかりと息子のぼくにまで流れたどり着いていて、ぼくは先日、真っ白な便器の中において、父と同じような血をみることになったのである。この鮮烈なる紅は、父とぼくの、切っても切れない橋渡しをしているに違いない。鏡のなかのぼくを見る。しかしぼくはすでにそこにはいない。いるのは老いた父の顔だ。皺がより、顔の色が黒く変色し、髪は白髪になり、だが口を動かすたびに、眼の斜め上にあるこめかみは一定のリズムを刻んでいるのだ。ものを食べるとき、ぼくもこめかみがドクッドクッと高鳴っているのだろう。胸がきしむのと同じように、こめかみが膨らんではちぢみ、とびはねるように動きだすのだろう。いつまでも、いつまでも、嗚呼とうめき声をあげながら、ぼくは血を見るのだろう。どこまでも続く異国の砂浜で、過去の血が鳴るのだろう。

## 月の光が射しているのに

月の光が射しているのに暗いのです。星の光で歩いているような、闇の中にいるのです。ぼくら二人。ぼくはお姉ちゃんと並んで歩いているのです。ぼくの腕のなかには一升瓶。中には何も入っていない一升瓶。ぼくは抱えて歩いているのです。お姉ちゃんもカラの一升瓶、腕に抱えて持っています。ぼくはまだ小学生。お姉ちゃんも小学生。三つ年上の小学生です。ぼくらは二人で歩くのです。月の光が照らすはずの暗いじゃり道を、ぺたんぺたんと歩くのです。道端には菜の花が咲いていました。菜の花は風に頭を揺らしていました。空には蝶が。空にはたしかに蝶が飛んでいたのです。月の光の中を、蝶は飛ぶのでしょうか？　そうです。ぼくとお姉ちゃんは、それぞれ一本ずつ一升瓶を抱えて、二人で並んで歩いているのです。小学生の二人が月の光の中を歩くでしょうか？　蝶がたしかに飛んでいたのです。青い空の、雲の真ん中に腰かけるように。月の光の夜にそんな光景はありえないでしょう。月の光の、星の光の、夜ではないのかもしれません。一升瓶は太陽の光をカラカラと背負っていましたから。星の光ではあり得ません。ぼくとお姉ちゃんは、春の光の中を歩いていたのかもしれません。一升瓶には牛乳を入れるのです。牛の乳房から直接しぼって、漏斗をつかって入れるのです。ぼくとお姉ちゃんは、二人で並んで歩いて、遠くの、牛を飼っている農家まで行くのです。夜中に歩いていくところではありません。春の陽の、重たい子どもの憂鬱を、ずるずると引きずりながら歩いていくのです。お姉ちゃんはもっとしっかり歩きなさいというけれど、ぼくは一升瓶が重たくて、これから牛乳を入れてもらって、またこの道を引き返すのかと思うと、それがまた嫌で今から足が重いのです。でも牛乳は好きなのです。農家ではおばさんが、ぼくたちに一杯飲ませてくれるのです。黄色く濁った牛乳です。しぼって一度煮立てて、そして冷ました牛乳です。牛の前で牛乳を飲むのは、なんだか牛の子どもになったようで、なんとなく変な気持ちがしたのですが。一升瓶の口は新聞紙で伏せて輪ゴムで巻くのです。そして帰路に向かうのです。ぼくはお姉ちゃんと歩きます。牛乳を入れてもらった一升瓶を抱えながら。ぼくらの世界をすべてひっくるめて、お姉ちゃんはしゃべります。どんなことをぼくに言っても、お姉ちゃんはお姉ちゃんであって、お姉ちゃんはお姉ちゃんを超えられないのです。牛乳の生暖かさを抱きかかえながら、家に向かってぼくはお姉ちゃんと歩くのです。今になっても牛乳を見るたびに、お姉ちゃんと歩いた、菜の花が咲き、蝶が飛んでいた、あの道を想い出すのです。不思議なことにその記憶には、月の光が射しているのに真っ暗な、闇の中をただ二人だけで歩いている光景が、いつもいつも覆いかぶさって残っているのです。

## 妹が泣いています

妹が泣いています。いつもは泣いたことなどない妹なのに。膝をまるめ、うずくまるようにして、両手を顔にあてて、泣いているのです。声は聞こえません。手で顔を覆っているので、涙も見えません。けれどもぼくにはわかるのです。ぼくの妹は確かに泣いているのです。妹とぼくは喧嘩をしたことがありません。それもそのはずで、妹は六つも年下なのですから。妹に何かが起これば、兄であるぼくが駆けつけるのです。いつも、相談相手にもなってあげるのです。そのかわりに、ぼくの方も妹にはいろいろとよくしてもらったのです。インスタントラーメンがありました。ぼくの家には蜜柑とインスタントラーメンがいつもあったのです。妹はインスタントラーメンを作ります。冷蔵庫に入っている具材を沢山入れて。時には何も具がないこともありましたが、それでもいつでもインスタントラーメンをつくるのです。ラーメンは香ばしい匂いがしました。しゅんしゅんと湯気が立っています。妹が食べているところに、ぼくは近寄ります。箸を持って近寄ります。妹はちょっぴりびっくりするのですが、ぼくは一向に気にしません。ぼくはぼくの箸を入れるのです。湯気はしゅんしゅんと香ばしい匂いを立てています。おでことおでこがぶつかりそうになります。それでも妹は嫌な顔をしないのです。麺と麺がつながって、それでも嫌な顔をしないのです。蜜柑の皮も剝くのです。まあるい蜜柑のお尻のほうの、茎のところから皮を剝きます。そうすると、房についているシブまでいっしょに剝けるのです。ぼくがそうやって教えてあげると、妹もまねして剝いてみるのです。妹は一房一房丁寧に蜜柑のシブをとるのです。ぼくはそのまますぐに食べるのです。たまに、蜜柑の一房の一番大きなものを出し合います。そうしてどちらの房が大きいか、勝負をするのです。もちろん大きいほうが勝ちとなり、もらえるのです。それは楽しい勝負事でした。それは些細なお遊び事でした。妹が暗い部屋の隅で泣いています。友だちと喧嘩でもしたのでしょうか。それとも母親に叱られたのでしょうか。いつもはけらけらと笑って、にこやかな顔をしている妹なのです。それが独りで膝をまるめ、うずくまって、泣いているのです。これはぼくには信じられない光景です。妹は泣きません。妹は絶対に泣かないのです。転んで擦り傷を負って血を流しても、可愛がっていた犬が死んでも、盲腸になって入院しても、妹は泣きません。こらえることがいつもできたのです。そのとき妹が顔を上げました。利き手の、左の手首がぐにゃりと動き、目じりの涙をすくいました。鼻を一度すすりました。そして、段違いの前歯を見せて、小さな声で一言ぼくに呼びかけました。「お兄ちゃん、行かないで」

# ゆっくりとわたし

空に残っている、青い色の輝きが失われようとしている。暮れかかった太陽の光が、遠くの山並みに映えている。闇が世界を支配する、その入れ替えの時刻。明るさから暗さへ生まれ変わるとき、空は苦しさのあまり、悲鳴をあげる。それが夕焼けだ。ぼくはその夕焼けを何度見たことだろう。そして何度、苦しさの悲鳴をすばらしい自然の摂理だと想ったことだろう。わたしは夕焼けを見るたびに、人の死を想う。人の死は尊いものだと想う。だからこそ、今自分が生きているということに幸福を感じる。今日も、職場から外に出てみると、山並みから空に向かって悲鳴が聞こえた。たぶん、この狭い日本のなかで、ゆっくりと夕焼けを見る暇などある人は少ないだろう。ましてや、自分の過去をゆっくり振り返って、たどることなどしている時間はないだろう。働き、怒鳴られ、失敗し、自分を責め、くやしいと感じているばかりではないだろうか。だが、どうだろう？　ゆっくりとわたし、もういちど、ゆっくりと。自分を想い出してもいいのではないだろうか。人のためにではなく、自分のために。自分の暮れかかった太陽の光をもう一度、想い起こさせる時間をつくってもいいのではないだろうか？　父親の顔を想い出せるか。母親の顔は。母親の若かった頃の顔だよ。兄弟の幼かった時のしぐさは。従兄弟はいるか。名前を想い出せるか。初恋の人の、幼い顔の中の愛らしい瞳を。それらのことのひとつひとつを。他人にはどうでもいい、そういうちっぽけな事柄の、細々とした宝石たちを。闇が迫ってくるまで白いボールを追いかけたとき、あの時にだって、苦しさの悲鳴のような夕焼けは空を覆っていたはずだろう。いったい、このわたしは何をしてきたのか、ゆっくりと想い出すのだ。誰からも評価されることではないし、誉められることでもないけれど。想い出したなら、おもいっきり泣いた回数を、はじき出してみてごらん。それから笑った回数も。無駄なことのようだけど、もしかして泣いた時間や笑った時間が、わたしが本当に生きた時間なのかもしれない。わたしは今日、ここに立って、遠くの山並みを見ながら夕焼けが美しいと想う。そして、空は苦しさのあまり悲鳴をあげているのだと感じた。むかし、わたしは「夕焼けが美しい」などとは詩に書けなかった。だが、今、こうやって夕焼けの詩が書けることに、ささやかな幸福と誇りを持ちたい。だれも誉めてなんかくれなくてもいい。わたしは、詩を書く人間であったことだけに満足だ。それはわたしがほんの少し、大人に近づいたからだろうか。ここで、こうして、こうやって、ゆっくりとわたし、むかしのことを想い出しながら、夕焼けを見る。ここで、こうして、こうやって、ゆっくりとわたし。

（『ゆっくりとわたし』二〇一〇年思潮社刊）

詩集〈朝起きてぼくは〉から

## 椅子

コノ道ヲマッスグニ行ッテクダサイ

少し歩くと突きあたりになります
そこを右に曲がってください
両側は鬱蒼とした灌木が繁っているでしょう
どうか立ち止まらないでください
多くの人たちがこの道を歩いたのです
間違えることのない一本道です
踏みしめると石と石が泣きだします
しばらく歩いてください
左側に萱で作った門があるはずです
錆びたトタン屋根の
みすぼらしい小屋
薄暗い電灯が見えるでしょう

そこでみんなが待っています
君の席ももちろんあります

マアルイ小サナ椅子デスケレドモ

## おたま

おたま　ふらいぱん　おなべ
深夜、独りでコップに水をそそいでいると
静けさのなかで異彩を放つ
やかん　まないた　おろしがね
しっとり落ち着きながら水をはじいているよ
明日の朝を迎えれば
食卓を彩るために
いそがしいおんなの手によって
また音を立てながら動きだすのだろう
しゃもじ　おちゃわん　さら　さら　さら

## 台所

台所で音がする
卵を割る音
油がはぜる音
蛇口からときおり
水のでる音
音はぬくもりを感じられる距離にありながら
どうしても届かぬ場所にある
子どものときに見た
大きな樹と
小川の流れに似ていて
なにをしているの?
ぼくはきみにたずねてみて
そう、台所ですることといったら
料理にきまっているね
きみは毎日同じ場所に立ち
いつもの視線で
生活の一行を

見つける?

## 毎朝の素描

テーブルの上
カップから昇った湯気が
朝の陽ざしに映って
小さい粒になる
毎日かわらない空気
肌に触れる声
パンの端の焦げた色
目玉焼きの匂いに誘われて
足元にくる
ゆっくりと音もなくあらわれてひと声鳴く
(ごはんたべようか)
ゆっくりと前足を顔にもっていく
(いっしょにね)
ゆっくりと目が合う

## 蓋と瓶の関係

蓋の欲望は
瓶の上に乗ることだ
ぼくは瓶の中から
ジャムをすくい
パンにぬりおわると
蓋をしめる
平均的な力を
だんだんと加える
蓋は瓶の縁を
幾重にもなめるように
合わさっていく
がっしりとかさなる
それは純粋な幸福感
子どもがきて
蓋を開けようとしても
あかない

## 子どもが見た怖い夢

怖い夢をみたという
どんな夢だったのとたずねると
お父さんが口をあけて寝ている夢だという
そんな夢

何も怖くはないと思うのだが
心の奥底にある
見たくもないものを
不意に見てしまうと
どんなものでもすべて怖いかもしれない
朝の陽の中
器の中のヨーグルト
スプーンですくって
口の中に入れることさえ
現実であるか夢であるのか
いや、これはたしかに現実なのだが
夢を見ているときは
いつも不穏な重みが頭の中を支配していて
それはすべて現実である
口をあけて寝ている姿
怖い

## 朝起きてぼくは

朝起きてぼくは詩のことを考えない
水で顔を洗う
つなぎとめているものは何か
猫を蹴飛ばしてから
トーストをかじる
言葉について思うところはなく
仕事に行かねばならないと
頭の中には石がつまっている
一定の想念だけが身体全体を支配している
今日は会議のある日だからネクタイをする
自分の首を絞めるのは好まない
不自由な慣習が首を絞めつけている

コーヒーをする
なぜわが家はトーストとコーヒーなのか
少し気になったがすぐに考えるのをやめた
行ってきます、と言う
行ってらっしゃい、と言われる
気をつけて、とも
さて、どこへ行くのか
何に気をつけるのか
向かいから歩いてくる男が
ナイフを持っているかもしれないからか
朝陽とともにさわやかなピアノの音など
聞こえてこない
踏切の前に立って
電車がゴワンゴワンと行きすぎるのを待つ
ネクタイをした男が車内からこちらを見ている
もうすでにどうしようもない力で
ゴワンゴワンにのみこまれてしまいそうだよ
ほんの少し詩を待つ

## 姿と形

轢死が転がっている
頭の中に
あの重たい車輪に巻き込まれ
自分の手や足や頭が
分断されながら
引きずられていく姿
警報機がなっている
ゆっくりと竿が降りる
まだ飛び出すには早い
眼の前に電車が迫るときの
恐怖はどんなものか
カアンカン　カアンカン
ランプの赤が交互にさみしいぞ
最初はリズムよく合っていた
警報機の灯と音が
少しずつ微妙にズレはじめる
血がほとばしる

身体はちぎれながら
車輛の下にひきずら、ずり、ずる、ずれ
鉄道職員はマグロと呼ぶらしい
ぼくは好きだなあ、マグロ
たぶん妻は悲しがるだろう
きっと子どもも悲しがるだろう
ほかにも悲しむ人がいるだろう
いいえ悲しまない人もいるはずだ
いつも踏切の前に立つと
轢死のことを考え
まだ無事である自分の形を考え
と、考えているうちに電車は通り過ぎ
踏切は開くのだ

## 夾竹桃の枝に

テーブルに詩集をおいて
ページをめくった
どこかで人が死んだのか
平日の午前中は
話し声も聞こえず
静かだ
空は
砂袋を切り裂いたときの砂
いくら掃いても
きれいにはならない
だれか電話をかけてきてくれないかなあ
あたたかい言葉で
にぎりしめてくれないかなあ
もう
今まで書いた詩を
ぜんぶすてちゃおう
靴を履き
鍵をしめ
曇り空の中に入る
夾竹桃の枝に
ひっかかったままの

言葉
テーブルには
読みかけの詩集

## ぼくの降りる駅

もう少し閉じてください
いえいえ開いていてもいいのですが
目の向かう方向が
非常に困ってしまいます
膝と膝をもう少しくっつけてください
そんな短いスカートで
素肌をさらしているのですから
せめて脚はそろえていてください
車内が揺れるにしたがって
また、ほんの少し開く気がします
逆にもうちょっと開いてしまえば
ぼくの気持ちもすっきりするかもしれませんが
ああ、あなたはどこで降りられるのでしょうか
目を覚ましてください
そうすれば自然に脚も閉じられることでしょうから
淑女という言葉がありますが
高貴と気品とを合わせ持った女性は
座ったときに
膝が完全に密着していないとなりません
深い眠りが到来しているのですね
あなたの目は開きそうにありません
それに逆らって脚は微妙に開いているのです
もう少しです
ぼくの降りる駅

## 階段の満月

階段を上っていると
目の前に
ふんわりとまあるいお尻がある

雲から抜け出した
満月のお尻
ぼくは足をうごかしながらも
目がはなせなくなる
まあるいかたちが
弾力を持ちながら動き
まあるいかたちを保っている
左右に揺られる曲線をしずかに眺めていると
これはたぶんユミコさんではないかと思い
そうだ
今気がついたが
髪も長いし、足も細いし、服装も地味だし
ユミコさんだぞ、と思い
先に階段を駆け上がって
振り返って声をかけようとしたのだが
いいえそんなことはあり得ないことだと思い
雲に隠れた満月を尻目に
うつむいて改札に向かった

## 花冠

部屋を花で飾りたい
なんて思ったことはない
でも、気持ちだけは
花の一本でもあったほうがいいかな
春の野辺
花の名前は知らないけれど
幼児の掌よりも小さくかわいく
茎も丈夫な白い花
道にもいっぱい咲いていて
ぼくは踏んで歩いたが
姉はそれをいくつも摘んで
花冠をつくって自分の頭にのせていた
揚々と
誇らしげに
幼いぼくは
花の輪ができあがるたびに
なぜか気持ちがわくわくした

## 深淵

ここは森なのだ
と思うと森になる
ここは海なのだ
と思うと海になる
想像は自分を追い越して
どこまでも飛べる
今日、君は
おいしいお茶を飲んだ
こってりと甘酸っぱい
稲荷寿司も食べた
本のページから
素晴らしい活字も拾って食べた
眼を
ゆっくりと
閉じて
ぼくらはどこまで行けるか
自問しよう

ぼくは鳥なのだ
と思うと鳥になる
君は魚なのだ
と思うと魚になる

## 街角

街角とは何か
広告の旗が
勢いよく
すぶる　すぶるとふるえている
風が強く
吹いているのだ
街角には
風が曲がっている
さて曲がった先には
何があるのか
得体のしれない陥穽があるのか

目だし帽の男がナイフをもって立っているのか
薄汚い過去が潜んでいるのか
輝かしい未来があるのか
街角の向こう側
ほんとうは
それはただの
曲がり角でしかなく
見えない風が目にはいり
バカヤロウ！
それだけのものでしかなく
たまに人生の吐瀉物があったりするだけで
おお、今
ぼくの息子があの街角を曲がって行くよ

## 雑踏の中に

こうして階段に足をかけたとき
むかしならば
二段ずつ昇れたなあ、と思っている

次の電車は
何分の発車だろうか
その電車に間に合うだろうか
腕時計ばかり見ている

席はあいているだろうか
座れるだろうか
立っていくのは
少々つらいなあ、と考えている

陽が落ちる前の
赤い光線が眼に入る

いつも自分のことしか
考えていない自分がいた
ふと耳を澄ますと
雑踏の中に
あの人の声が聞こえた
自分のことは忘れて
まわりを見渡してみる

## 雨上がりの印象

内側から抜け出すと
道路が濡れていた
雨が降ったのだ
サアッと降って
サアッと上がったのか
街がどんよりとゆるんでいる
いたるところ屋根が黒い
湿気を存分に含んだ空気を
飲む
歩くと皮靴の底に
薄い水の膜ができる
またひとつ時が落ちた
さえない空
まだ何粒か
水の玉が散らばっているのだが
これは水滴が地上から
立ち昇っているのだ
この湿った景色のゆりかご
君と二人
はだかになって寝ころんでみたい

## 声をかけられる

暗い公園を歩いている
右手も左手もしっかり握りしめて
大股で

少し息が上がるくらいに
なんて暗い公園なんだ
外灯もあるはずなのだが
なぜこんなに暗いのか
ぼくの心が暗いからか
世の中が暗いからか
いいや、外灯が壊れているからだ
壊れた物は
修復しなければならない
これは行政の怠慢というものか
歩くのをやめて足を伸ばす
握っていた手のひらをゆるめる
何かが逃げていく
ベンチで寝ていた浮浪者が
突然、声をかけてくる
ちょいとあんた
悲しそうな顔してるね

## へりこぷたあ

だんだんだん
異様な音をたてて
へりこぷたあ
が飛び立ちます
米軍基地の山の上
へりこぷたあ
が浮き上がってきます
真っ黒な闇の向こうに
真っ黒なへりこぷたあ
警告灯なのだろうか
赤い光をぴかぴかぴかとさせながら
へりこぷたあ
が持ち上がります
ぼくは昼間に仕事をしているので
夜に散歩をするのですが
途中に出くわした
米軍基地のへりこぷたあ

何をしにいくのだろうか
人を助ける
重要な任務を
背負っているのだろうか
そんな疑問はさておいて
ぼくはポカンと口あけて
眺めているだけで
へりこぷたあ
へりこぷたあ
言葉を繰り返しながら
すごいなあ
へりこぷたあ
大きいなあ
へりこぷたあ
むかし、幼かったぼくの息子が
へりこぷたあを
へこりぷたあ
って言っていたっけ

## 水を飲む

のどが渇いた
と思った自分がいる
もし、もっと正確に表現しなくては
水が飲めないとしたら
体が水分を補給したがっていると判断した
とでも言えばいいのだろうか
でもそんなことは考えなくてもいい
ということをぼくは考えている
そう、今は水を飲みたいだけ
だれも止めない
山のせせらぎのキリリと冷たさが集まった水がいいけど
蛇口から常温水をコップに素早く入れている
このコップの水は
山の奥の奥から運ばれてきたものなのか
なんて考えたこともない
そんなことはどうでもいいことだ
ぼくはのどが渇いた水がほしい

なまぬるい液体を
いらないと思うまで飲んでいる
だが、飲んでいる途中
できればビールがよかったかな、とか思う
いずれはトイレで出てしまうのにな、とか思う
体の中に水分が行き渡ったなんて思わない

## 少量だが

もう五十を過ぎた中年の男
だからといって彼は屈強な人間ではない
左手の親指の横にできた
ささくれを気にしている
少量のいたさは集中力を半減させるので
爪の横からめくれだした状態の皮を
右手で剝いた
すべて剝けずにさらに深くめくれた
血がでてきた

少量だが
当然の感覚として
中年の男でもそれはいたい
いたいけどもう少し剝いてみる
また血がでる
少量だが
ささくれは硬い皮だ
さらにひっぱると
さらにいたい
そしてさらに血がでる
血がでてくるとなんだか生きているみたいでうれしい
中年の男だから泣きはしないが

## 足音

レイ・ブラッドベリの短篇小説を読んでいて
ふと気がついた
この小説は

以前読んだことがあると
犬が死者を連れて
やってくるという話
頭の中に
かすかに
残っているのだよ
でも
ちょっと待ってくれ
この古い文庫本は
棚にずっと置き去りにされたまま
一度も開かれてなかったはずだ
いつか読もうと思って
そのままだったはずだ
だからこそ
今、ここで読んだのに
こんなに短い小説だけど
多くの人たちの
冷たい
足音を聞いた気がして

苦しい
読んだことがあると
思ったのも
骨の軋みを感じたからだろうか
少年の顔
息づかい
犬の声
土のにおい
死者が上ってくる
階段の
足音

## 身を沈める

深々と身を沈めると
ああ、つかれた
という言葉が出る
つかれてこの場所に体をあずけることが

一日の生き甲斐みたいになってしまった
こんなのは
つまらない生き甲斐かもしれないが
そうやって一時間ぐらい
何も考えずにボーッと
座椅子に抱かれる
贅沢な時間
しかし何も考えないと言いながら
詩のことを想い
仕事のことを考え
妻や子どものことを気にし
妻以外の女性のことが頭の中を通過した
ただどれも
真剣に考えていたわけでもなかったので
そのうちに
眠くなった
意識が
ふっと
なくなる

## 母さんの、ぽん

ぼくの胸を
ぽん
リズムをつけて
ぽん　ぽん
ずっとずっと
たたき続けてくれる手があった

ぼくはなぜかねむれない
ぼくはこわくてねむれない
目の底に残っているから
耳の奥に渦巻いているから

そんなとき蒲団の中で
ぼくの胸を
ぽん
やさしくたたいてくれる
母さんの

ぽん
ゆっくりと眠るのさ
明日がくれば
明日になるよ

## 夜に、言葉を

夜に、言葉を探しまわっている
机の下を探し
タンスの上をのぞき
ポケットの中にしまいこんだのではないか
すると
外では雨が一気に降りてきていて
こんな真夜中に
ザワック、ザワックと
これは集中豪雨というものだ
窓に隙間をつくり
真っ暗な景色を眼の中に流し込んでみる
空気がかたくなる
雨の音が響きわたる
ふと
こういう夜につながっていたいと激しく思った
言葉が流れていく
雨が黒い地面に立ちあがる

## 止まっている深夜

ここにこうして
自分が
在る
微少な睡魔とまぶたの疲労
明日に移行する前の
たくわえの時間を
大切にしたい
鉛筆一本

床に落ち
耳の中に響いてくる
そんな静けささえも磨いていたい
めくるめく陽のまぶしさに耐えかねた
早すぎる時間の中で
止まっている深夜が
あってもいい
塗り固められた秒針の中で
ぼくという鏡を
のぞきこむ
もうひとりの
ぼく

## 爪

指先だけを使い
ゆっくりと窓を開ける
正真正銘の
真夜中
夜がはいってくる
部屋の中でくすぶりつづけていた
今日の吐息が
明日の窓の外に投げ出されていく
ぼくは
爪を切る
短く
パチン

## 真夜中に目覚める

自分の咳にむせて
目を覚ました
午前三時
のどが痛い
犬の遠吠えに似た
咳がでる

少しおさまると
夜の静寂
ぼくは今まで
何をしてきたのか
ふと
振りかえる
自分がいる
明かりをつけない
闇の中
一人で
手探りで
歩いてきた
道順を忘れないため
小さな詩を書き
ちぎって
すててきた
たぶん
風に飛ばされて
どこかにいっちまっただろうが

ゴホン
ゴホン
ゴホ
ゴホ
ゴホッ
また咳

ベッドの上で起き上がる

たまに一人で旅に出たりすると
自分がどこにいるのか
わからなくなる
眼鏡を拭いてかけなおして
ここにいるよと
言ってみたりするが
やっぱりちょっと遠くへ行ってしまったみたいだ
ベッドに横になる
ここでこうして寝ているのは

生きているから寝ているのであって
決して死んでいるのじゃないと
確認し続けている
だからふいに
自分を探しに
ベッドの上で起き上がってみたりする

## 葡萄

秋のはじまりの
さわやかなテーブルの上には
大きな藍色の粒の一房なんかが
あったらいいなあ
あいにく我が家には
そういったものがあったためしがなく
テーブルの上には
すべらかな毛をまとった生き物が一匹
腹をみせて寝転がっているのである

働くこともなく
悩むこともなく
笑うこともなく
鳴くことはするけど
食べて排泄して寝転がって
乾いた尻尾を丸めて生きて
シアワセかい君は
袋を破り取りだした揚げせんべいを
ボリ
ボリ
君の鼻の前で
かじってみるけど
本当は
みずみずしい汁が飛び散る
葡萄がほしいな

わが家

むかしここに家があったことなど
他の誰かさんには
まったく関係のないことだ
家には情けない両親がいて
しっかりものの姉ちゃんがいて
だめなぼくがいて
よく笑う妹がいた
そんなことは他の誰かさんには
まったく関係のないことだ
夫婦喧嘩があって
泣いて笑って
家族はいつもごちゃごちゃだったけど
他の誰かさんにはそれこそ
まったく関係ないことだ
これはわが家のことであるから
これはぼくの家族のことであるから
家族は個々に独立し
父は死んだが
ぼくらは別の場所で生きている
だけどきっと　世界の涯まで
ひとつの家の中で
家族はつながっているものなのだ
それは他の誰にも
けっして関係されたくないことでもある

（『朝起きてぼくは』二〇一五年思潮社刊）

詩集〈むかしぼくはきみに長い手紙を書いた〉から

## 花束

おおきな花束
ふたつ　かかえて

いろんな人がぼくを見て
笑っているような
笑っていないような

花束ふたつ
かかえているので
つり革につかまることもできず
花束ふたつに　つかまって

目のまえの
花はよくみえるのだけれど

駅の名前が　みえなくて

ぐらりと揺れた瞬間
支えてくれる人がいて
そう、ぼくはいつも誰かに
支えてもらっていたんだなあ

この花束
ひとつは　きみに

## 美人な石——Kさんへ

石がいいな
土産物屋で売っている
品物じゃなくて
落ちている
石がいいな
できれば不格好な

ちょっとできそこないの
見かけの悪い
石がいいな
足や手がないし
目も口もない
どこから来たのかもわからない
だから
見ていて
飽きない

半分、冗談だったけど
彼女は旅先で
本当に拾ってきてくれた
手紙を添えて

(四千年前に爆発して
山の上を飛び
地面に着地するという
大旅行をしたのですね)*

ぶつぶつと
穴のあいた石
光ってないけど輝いている
美人な石

*Kさんからの手紙より

## 紅い花

(花だ!
花だ
紅い花だ!)

と少年は叫んだ!

つばきの花が
ぽとんと下に落ちている

まるで切り落とされた生首のように
ああ
そうだった
ぼくは切り落とされた生首を
まだ一度も見たことがないのだった

紅い
つばきの花
まるで血に塗られたような
いいえ
ぼくは血で
何かを塗りつぶしたことなど
ただの一度もないのだった

紅い花
ひとにぎりの
つばきの花が
黒い地面に
落ちていく

この花は少女の初潮なのか
おお
そうではない
違うのです
これには何の意味もない

あるのは紅い花をみているぼくがいるばかり

少年は少女を背中に乗せて山道を降りて行く
（のう
キクチ
サヨコ）
静かに少女の名前を
（うん）
つぶやきながら
（眠れや……）

＊つげ義春「紅い花」からモチーフ、及び引用あり

# ダンスしてみた

ぼくの頭のなかに
腕に金色の毛がいっぱい生えた
太ったアメリカ人の男性が現れて
もしかしてレイモンド・カーヴァーかな
どうだね、きみ
ダンスでもしてみたら？
とささやいた
ダンスなんかしたこともないけど
足を動かしてみた
いっしょに踊る相手もいないので
ひとりで
ひっそりとした部屋のなか
音楽もかけずに
踊ってみた
ぼくだけのダンス
どうやって足を動かしたものか
わからない

ゆっくり
ゆっくり
踊ってみた
足だけではなく手も動かしてみた
頭のなかで次の動作を考えて
体を動かした
ダンスなどとはほど遠い
めちゃくちゃな踊りかもしれないけれど
いつしか考えなくても
手と足がかってに動きだした
ダンスしてみた
酒を飲んだわけでもないが
酔った
ぼくはなぜだかとってもうれしくなり
手をさしだした
きみがそこにいて
ぼくの手をとってリードしてくれたのだ

# 奏楽堂

ふたつに折りたたまれていて
腰かけるには
座る部分を
手で下におろさなければならない、の
かすかにギィーッという
軋んだ扉の音がして
降ろすというよりは
たたまれていた口を
自分の手でひらく、の
ばね仕掛けになっているから
元にもどろうとするところを
手は
やさしくその反発力を
少しのあいだだけ
大事にうけとめておいて
ススッと自分のお尻をのせる、の
ぼくはそうやって

小さな座席にすわり
音のしないコンサート・ホールに
腰かけて
じっとしている、の
でも一度だけぼくの真横で
かすかにギィーッという
軋んだ扉の音を
きみがさせた、の
人がいないコンサート・ホールに
腰かけて
じっとしていて
こんな静かなコンサートを
ぼく
聞いたことがない、よ

# 青いビー玉

スカートを脱がせてみると
ふくよかな海がある
高低が緩やかな曲線を描き
おもわず触れてみたくなる
指をおく
手のひらをおく
するとそこには
静かに青く光るものが見える
鈍い光ではあるけれど
うすくたなびきながら
ひろがっている
ものごころついたとき
青いビー玉を
ひとつ
飲んだことがあるの
あまりにキレイだったから
海の色そのものになれるかと思って

きみはそういって
笑った
今まで流されもせず
ずっとその場所にとどまっていて
きみのカラダの中心に存在し続ける
核のような
海
ぼくがゆっくり
きみのなかにはいっていくと
あふれでる泉とともに
青いビー玉はまた
鈍く光りはじめた

それは猫だね

きみがかかえている
茶色いどこにでもあるトートバッグ
肩にかけ

腕をまわし
大事そうに
何がはいっているの
猫でしょ
それは猫だね
猫にちがいない
きみは猫が好きだし
飼いたいといっていて
財布や手鏡なんて入っちゃいない
本も手帳も携帯も
なんにも入っちゃいないんだ
なかに潜んでいるもの
それは猫だね
猫はひとりで生きられない
きみにかかえられて息をする
猫の毛のなかにはきみの毛が生えている
猫はだれかにささえられて
怠惰の海を泳いでいる
ぼくが持っていてあげようか
おもそうな
きみがかかえているものを

## 夜空を眺め

星だと思った
赤い光だった
点滅していた
消えそうに見えた
移動していた
あれは　もしかして
未確認飛行物体
歩きながら
上を見あげ
夜空を眺め
明るいものを
まばゆいものを
探していたのだけれど

見つけたものは
空を移動する赤い光だった
あれは　たぶん
旅客機
頭の上のずっと上に
おもたい箱のなかに
人が座っているなんて
なんか変だ
上を見あげ
夜空を眺め
きみが飛んでいないか
さがしているなんて
それはもっと変だ

## ヴァージニア・ウルフ短篇集を読んで

庭園の隅にあるスズカケノキ
その幹に触れてみた
樹の内側から
水をくみあげる感触が
伝わってくるかと思ったが
なにもなかった
ただザラリとした肌の匂いが
ぼくの手にしみついた
樹の根に座りこみ
本を開いた
暑くもなく寒くもなく
風は東からかすかに吹いていて
サンシュユの樹もあった
サトザクラの枝がのびていた
タラヨウの葉が手招きしていた
この庭園のこの場所で
本を開きたかった
ぼくは渇いた喧騒をまるめて捨てて
胃袋のなかには幸福をつめ
頭のなかを
ヴァージニア・ウルフと

そして、あの日のきみとで
いっぱいにした

## 顔

人のなるべく入らぬ場所を探すことにした。それで西伊豆の松崎というところを選んだ。自動車ではこれ以上先へは進めないという場所まで行き、あとは歩くのだ。本流といっても川幅は狭く、その支流は谷と谷とに挟まれた沢で、川幅はもっと狭くなる。先輩二人と別れ、ぼくは分厚い胴まであるヴェーダーを着用し、釣り道具一式を装備し、上流の沢に入渓する。急な斜面を慎重に降りると、水の流れが横たわっている。思ったよりかなりの水量がある。夜明けの時間帯。夏なのに肌寒い。陽ざしはうっそうと繁った樹々にはばまれて、渓流にまではとどかない。流れの音だけがひびいている。水が湧いているのだ。水が岩にあたってはじけ、ぶつかりあって混ざり合い、新鮮な生きもののようにからまりあう。そして、どこまでも透明な水の匂い。空気と触れあい泡をたてて消え、空中に放たれる。糸は〇・六ミリ。目印だけがたよりで。流れに逆らわず自然に流す。ぼくは何も考えずにロッドを振る。西伊豆、松崎の山の奥の人がだれも入らぬ場所。いっさい音をたてずに、むしろ自然のなかに溶け込むのだ。目印が、きらきらと光りながら、流れとたわむれている。ふいにその目印が止まる。流れの瀬にあたるところだ。止まった目印の、光る水面をじっと見る。水面には虹色の光とともに、うっすらと見えてくるものがあった。流れの上にうつしだされたものは、きみの顔だった。ぼくは早合わせのタイミングで、ロッドを斜めに引くと、顔はふっと流れの底に沈んでしまった。確かに映し出されたきみの顔。おどろいたときのきみの瞳。ぼくはその流れの瀬にまでたどり着くと、渓流用のグローブをはずし、素手を、渦巻く流れにひたしてみた。そして、沢の冷たく甘い水を、ひとくち口に含んでみたのだ。

## 深呼吸ひとつ

いつも見えないものばかり書きたがる
歩いても歩いてもたどり着かない駅
十年前に笑いころげた冗談
空に舞いあがってしまった吐息
きみがほんとうに書きたかったものは
そんなもんじゃない
一本の樹に繋った
一枚の葉っぱ
ただそれだけでよかった
もしくはその樹の
こぼれ落ちそうな
かたい新芽
姿や形を
しっかりと言葉にするだけで
すべての世界は存在したはずだ
むかしぼくはきみに
長い手紙を書いた

白紙の紙にびっしりと文字を連ねた
透明な気持ちばかりだった
だから書いても書いても
ぼくの手紙は書き終えることはなかった
背筋をのばして
深呼吸ひとつ
みずみずしい
緑に満ちた
一枚の葉っぱとともに
きみの名前を
告げる
だけでいい

（『むかしぼくはきみに長い手紙を書いた』二〇二〇年思潮社刊）

## 扉が開いて閉じるまで

その人は目のかわりに
白い杖をもって
電車の中に入ってこようとしていた

細く白い杖だけでは
とても人波の中に
体を浮かばせることなど
できはしないのに

僕はそんなふうに
思いながら
その人の行動を
見つめていた

案の定
白い杖は我先になだれこむ人たちのため
身動きがとれなくなった
しかしそれは
僕が無意識のうちに
これではいけない
と感ずることだった
まるでまっ赤に錆びたネジが
何かの拍子に
自然に回転するように

目を見開いた人たちは
心の眼をしっかりと閉じたまま
仲間という言葉も
助け合うという言葉も
やさしい女房のところにおいてきて
通勤ラッシュにそなえている

僕は腕をさし出した

男が女にうわ目使いでさし出す
その腕とは
根本的に違っていることは確かだ
僕の腕はその人の腕に触れ
ドアの片隅に案内してあげたのだが
「どうもありがとうございます」
とその人は言った
とてもはっきりした口調で
僕に言ってくれた

「いいえ」とこたえた僕は
急に頰が熱くなったのがわかった
小学生の頃
誰にでもできるようなことを
先生にほめられて
ひとりでひそかに赤面した時のように
その人の眼をはなれた僕は
急に頰が熱くなったのがわかった

（「浮遊」3号、一九八四年五月）

## フォルクスワーゲン

丘の上にフォルクスワーゲン
素手でやさしくつつみこみたくなる
乳房のような丘の
あるかないかのその頂上で
風につながれながら
一台だけとまっている

光る脚線美のボディをもった
とびっきりの美人
愛しきビートル

ドアがあくと
まだ髪の毛のしんなりとした男の子が
手で太陽の光をさえぎるように
あらわれてくる

男の子は

ゆっくりとフォルクスワーゲンに話しかけ
そしてなだらかな丘を下って行く
何度も何度もふりかえりながら

空冷のリヤエンジン
トランスミッションは4速フロア
スタイリングやメカニズムは
基本的には何も変わりはしない

風はいつもふっと途切れ
丘の上のフォルクスワーゲンは
音もなく動きだした
男の子の影を
そっと追いかけるように

(「独合点」24号、一九九三年三月)

## セスナと心象

手のひらで
眉の上にひさしをつくると
ふさいだ心の中が
少しだけ見通せるような気がしたが
実際に見たものは
底のぬけた青空のむこう
黒煙をあげて
燃え上がった赤いセスナ

心の中なんてものは
ヘタクソな一篇の詩の
妙にわすれられない
どうしようもない一行だったりするんだ

いつしか音はなく
上空にだけ風が舞っているのが
雲の動きでよくわかる

そのうちにセスナは
飛ばされるように
飛んでいってしまい
あとには白い雲が
ひび割れて残されている

赤いセスナが
本当に火を吹いていたのかどうか
確かめるためではなく
これはヘタクソな詩の
どうしようもない一行になるかなと思いつつ
ぼくはもう一度
手のひらを眉の上においたりしている

（「詩学」一九九四年二月号）

## 月の家旅館——倉尾勉さん追悼

熊野古道の真ん中の、近露という場所に一軒の旅館がある。近露王子に見守られているかのようなその宿は、夜になると皎々とした月の光に照らされるのだ。

門があるわけでもなし、塀があるわけでもなし。ガラガラと気持ちよく開く引き戸の両側には、まぼろしのような提灯がふたつある。「月の家」と書かれたその提灯は、月が昇るとその光を一心に集めているのだ。

ごめんください、と声をかけると、あがんなよ、とぶっきらぼうな声がする。今晩泊まらせていただく……と声をかけると、二階に部屋を用意してあるから、と月から降りてきたような声がする。

主人は名乗りもしないし、ぼくのことを聞こうともしない。風呂からあがると、食事がきちんと揃っている。顔はちょいとしか見せないが、「オカエ食うか？」「サンマ寿司食うか?」「うどん食うか?」と月の光のようなやさしさが顔だした。

お客人、古道を歩かれたかね? 不意に問われれば、いいえ、と答えるしかない。懐中電灯と雨具と杖、これだけは必ず持って歩かにゃ、と主人は言う。ぼくは倉尾さんに会いに来たんだ、と答えると主人は、月のようなまん丸な顔をした。

ウイスキーをなめながら、ぼくはぼくのことを考えた。携帯電話はつながらないし、テレビもラジオも置いてない。いくら温度設定を上げてもあたたかくならないエアコンが、グゥーイーンとうなっている。ウイスキーをなめながら倉尾さんのことを考えた。熊野古道の真ん中の、月の光であたたかい、月の家旅館で考えた。

(「詩学」二〇〇三年四月号)

# てっちゃん

てっちゃんだった
玄関の戸を激しくたたいていたのは
てっちゃんは泣きそうな顔をしていた
これは一大事だとおもった
もう闇がうしろから押しかけてくるような時間なのだから
これは何かあったのだろうとおもった
今日、クラスで話していたときにはなんともなかったのに
てっちゃんの細長い顔がいっそう長く見えて
薄い眉毛が八の字になる
細い眼は空に飛んでいて偶蹄目の眼になっている
柔らかい鼻は息を吐いていて
くちびるはカサカサと震えていたし
しゃくれた顎はバナナを連想させた
ここまで自転車をとばしてきたらしく
髪の毛が全部うしろになびいていて

薄暗い玄関の土間に突っ立ったまま
なんどきも言葉がでてこない
てっちゃん……とぼくが声をかけると

まいってしまったんだ
どうしてもほしいんだよ
山口百恵の写真

彼はそう言ったまま
うつむいてしまったのだ

（「独合点」74号、二〇〇四年五月）

## お姉ちゃんのゆび

ゆびをみているのが好きでした
しなやかな曲がりぐあい
爪がほんのり桃色で
どこまでも透き通っているように思え
かぎ針にゆびはからまれ
十本すべてがどれひとつとして
同じ動きをするのでなく
上に斜めに右に横へ
自在に伸びるのです
かぎ針の先には
真っ白なレース糸
朝の陽ざしにきりきりと光を映し
一本の線から文字を描くように
お姉ちゃんのゆびによって
花の形につくられていく
右の人差し指と左の人差し指が交錯する
いち、に、さん
にい、に、さん
数を数えるようにリズムよく入れ替わる
たえまなくゆびをうごかしていく
お姉ちゃん
平然とした顔つきで
お母さんと妹としゃべっている

ぼくはそのかたわらで
もはや指とは呼べない
お姉ちゃんのゆびをみている

（「交野が原」71号、二〇一一年九月）

## 川原の土手で —— 菅原克己さんへ

どこから見ても
ふつうのおじさんが
川原の土手を
静かに歩いている
肋膜炎を患ったため
ぺちゃんこな胸だ
だが、書かれた言葉は
人を幸福にした

おじさんはむかし
警察につれていかれて
ひどく殴られた
留置所にも入れられた
正しいと思ったことをいっただけでも
捕まってしまう時代だった
そんなときでも
やさしい言葉を手離さなかった

おじさんは
小さな弱い者たちと
大きな机が好きだった
朝の光と
夏
ささいなことを信じていた
そして小さな言葉たちを集めて
大きな幸せのカタマリをつくった

ゆらゆらゆれている
げんげの花といっしょに
ぼくの最初の詩集を

おじさんにそっと手渡したかったのだけど

ぼくは川原の土手を
静かに歩いている
まだ会ったことのない
その詩人に
会えるんじゃないかとおもって

（『げんげの花の詩人、菅原克己』二〇二三年書肆侃侃房刊）

# 散文

## 小さな町に住む小さな自分

——シャルル＝ルイ・フィリップ「小さき町にて」

みんな、シャルル＝ルイ・フィリップという作家を知ってるかい？　ぼくはこの作家が好き。

一八七四年八月、フランスのセリイという町の、貧しい木靴職人の子として生まれた。一九〇九年の十二月に亡くなっているから、三十五歳の短い生涯だったことになる。貧しいといっても、そんじょそこらの貧しさではなかったみたいだ。祖母は物乞いまでした。フィリップ自身も同じ体験をしたことがあるそうだ。父親は木靴職人だったが、食べていくのにも困るくらいだったという。知識欲に燃え、努力家だったフィリップはパリにでて、市役所の吏員になる。本当は大学受験に三度失敗、生活の糧をもとめてのことだった。昼間働き、夜にせっせと創作活動にいそしむ。熱中するタイプだったらしく、小説を書くことにすべてをつぎ込んでいた人だ。

ぼくはフィリップを菅原克己の詩で教えてもらった。「ビュビュ・ド・モンパルナスを読んで」という詩からだ。『ビュビュ・ド・モンパルナス』という小説は、ゴロツキから逃れられない娼婦と、貧しい青年の葛藤を書いた名編だった。そのほかにも、フィリップはまだまだすばらしい作品を残している。『朝のコント』『母と子』『母への手紙』『若き日の手紙』などだ。なかでもフィリップの名を著名にしたのは『小さき町にて』（私の所蔵本は岩波文庫、淀野隆三訳）という短編集。二〇〇三年にはみすず書房から『小さな町で』（山田稔訳）というタイトルで新訳本もでている。

さて、この小説は、パリの朝刊新聞に発表したもので、彼の死後に本として刊行されたのだそうだ。新聞の朝刊に載るような作品だから、短く、読んでみて「ふうーん、おもしろかった」で読み流してしまうこともできる。ところがなかなかどうして、今の時代に読んでも古さを感じさせない。考えさせられることがいっぱいだ。人間の本当の姿が、凝縮されているからだろう。先にぼくは、フィリップは貧しい木靴職人の子として生まれ、と書いたが、まさに、その生い立ちがフィリップの文学のすべてを支配している。別のいい方をすれば、彼には貧しい民衆の姿を書くことができたといえる。

　今の文学はこの民衆という言葉を嫌う。というより、死語に近い。民衆なんてどこにいる？　多くの人が、ローンを抱えているとはいえ、マイホームをもち、車に乗り、パソコンは二台以上、携帯、スマホを持ち歩き、お金のかかる大学に入学できる。だが、民衆という言葉は使われなくても、生活していくのに苦労している人間がいるのは、いつの時代も同じこと。文学の世界では、貧しい暮らしや、働く辛さを物語るものより、しゃれた都会的センスのものがはやるのだろうか？　いったい文学とは何だろう？　受け入れられるものを書くことか？　今、現在だけを書くことか？　いろいろな文学の考え方がある。だが、もとをただせば、人間しかない。その人間を書くしかないのだ。それには自分を見つめて、自分のことを書くしかない。

　フィリップは自分のことを書いた。私小説ということではなく、貧しい人間にしか見えない人間を書いたのだ。けっして背伸びをして、政治のことや、貴族の恋愛を書いたりしなかった。本当のことを、自分の目で見つめ続けていた。だからこそ、人間本来の姿が書けたのだ。もし、仮にフィリップが上流階級の出身であったなら、貴族の生活を彼なりに書いただろう。すばらしい作品になったかどうかは別問題として。

　ここで少し自分のことを話すが、これは事実。ぼくの幼少年時代は本当に貧困だった。父は働かない男で、職を転々とし、生活費を入れない。母はそれに不満で喧嘩がはじまる。父は興奮して包丁を持ちだす。母は逃げる。ぼくは父を抑える（はね飛ばされるが）。姉は母をかばう。妹は泣き叫ぶ。かくして母は隣に逃げ込む、という構図。つねにゴタゴタがあった。母親は保険の外交員として長年働き、グチをこぼす毎日。ぼくらのお弁当（中高時代）は毎日貧しいものばかり。夕飯だって、たいしたものは食べていない。着ているものだって悲惨だった。自分で思うが、よく真っ直ぐに成長したものだ。

　だからフィリップの文学がよくわかる、などとはいわない。自分の文学を貫き通した、フィリップという作家が好きなのだ。毎日、父と母を見て育ち、自分はあのようにはなるまいと思って生きてきた。ぼくの文学の原点は、悲惨だがあたたかかった家族と、幼少時代にある。相模原――ぼくらは「さがみっぱら」と呼んでいた――の北風にふかれて鼻をたらし、麦畑の穂にちくちくさされ、桑の実を食べて口を汚し、かぶと虫を捕まえ、野犬に追いかけられ、大きな茶色い水溜りで遊び、ザリガニに挟まれ、そんな時代だったのだ。

　フィリップの『小さき町にて』を読むと相模原が見えてくる。フランスの田舎町が舞台なのに、なんで相模原がでてくるんだろう？　もしかして、自分のことを見つめて書く、ということを、ぼくは忘れていたのではなかっただろうか。

　大きなことをいう。文学には知識と教養だけがあっても駄目だ。それだけをふりかざす者はもっと駄目だ。自分の足元を見よ。真摯になれ。そして生活せよ。働け！　その中から見つけるのだ。小さな町に住んでいる小さな自分を。たったひとつの小さな言葉を。

　大きなことをいおうとして小さなことをいってしまった。そう、だからフィリップはいい！

（『短編小説をひらく喜び』二〇一九年港の人刊）

# 力の抜けた味わい深い文章

## ——阿部昭「水にうつる雲」

自宅から早足で歩いて三十分すると、相模川にでられる。ぼくのウォーキングコースだ。三段の滝下から一気に公園の階段を上ると、丹沢山系が見渡せる。県道を越えると、相模線の下溝駅もすぐ近くだ。県道沿いには八景の棚といわれる名所もある。ローカルな話をしたが、ぼくは生まれ育った相模原が好きだ。

さて、この場所を小説の舞台にしたのが、阿部昭の「水にうつる雲」という作品だ。阿部の小説の中でも、知られているものではないし、突出した内容、表現があるわけでもない。どちらかというと、その逆で、限りなくエッセイに近く、また小説ということをまるっきり意識していないのではないかと思わせるような作品で、読む人によっては、これは小説ではない、というだろう。またある人は、くだらない実生活をのんべんだらりと書いただけの駄作、といいのけるかもしれない。

だが、ぼくは今になってこの作品を、超一級の作品ではないかと思いなおしている。ウォーキングで相模川にでるたびに「ああ、阿部さんはこの場所にきたんだなあ。」と思う。もちろん、小説の中に相模川がでてくるからだけではない。ぼくが好きなのにはやはり理由がある。

五十を過ぎた中年の男。住んでいる家の地盤が緩んでいて、なぜか家が傾いているのではないかという不安に襲われている。そんな不安を抱えているせいか、妻とのいさかいも絶えない。自分の生活の拠点を一階から二階に移すが、そんなことをしても根本的にはなにも変わらない。十年前は、もうちょっと元気だった自分を振り返る。その頃にはいろいろと気づいたこともあった。しかし今では空に浮かんでいる雲でさえ、それは水たまりに映っていた雲であったのではないかと思っている。下ばかり向いて生きていた自分がそこにいた。男は、ある晴れた日にローカル線に一人で乗りこむ。ふらりと駅を降り、素朴な川の流れを見る。男は自分の死後、何年もしたあと、この場所には自分の痕跡は何もないのだということを、そんな当たりまえのことを考えてみる。

人生に疲れた中年の男のプチ家出のお話、とまあ、そんなふうに読めないこともない。では、なぜ、ぼくにとってこれほどまでに好きな小説になったのだろうか。そのひとつには小説らしくない小説、ということがある。

いろんなものを読んできたが、近ごろは小説らしい小説が嫌いだし、詩らしい詩が嫌いだ。すんなりと読めるものを好む。さらりと書いてあるものがいい。気取らず、肩肘張らず、自然体であって、それで深いものがあるという、そんな言葉が好きだ。だからといって、日常をべたべたと書いてあるものがいいのかというと、そういうものでもない。ちょっとわかりづらいかもしれないが、その作者や詩人のもっともシンプルな形が読みたい。

阿部の晩年の作品には、どれもゆるやかで味わい深いものがある。この「水にうつる雲」はそんな力の抜けた、しなやかな文章の最たるものではないだろうか。

もうひとつは場面だ。阿部の書くものはけっして驚いた場面ではない。むしろその逆で、なに事もおこらない場面を書く。しかし、人生には必要な部分なのだ。いいや、それこそが真実の人生なのだ。変哲もない人生での一コマ。それをさらりと平然と書く。本人自身、そのことが、自分の人生でどれだけ大切な時なのか、わからないほどの時間。それをポンと拾いだして書く。小説といいながら、それはまるで、詩の一編のようだ。

ぼく自身が書くものも、常にそういう場面を書きたいと思ってやってきた。でも、それはたやすいものではない。

私は、川の流れを見つめ、対岸の松並木に目を移し、それからまた、後ろの男女の語らいを想像し、すぐそこにいる親子づれのことを考えた。彼らの家庭のこと、いまごろ勤め先にいるだろう父親のことを考えた。私にも、たしかにこんな一刻があった。二十年前にか、三十年前にか。それはまったく一瞬のことだったとしか思えないが。と、次の瞬間には、さらに三十年か四十年が過ぎていた。自分という存在はかき消えていた。

後半部分の、河原に降り立ったところからの引用だ。広い河原の中で、たった二組しかいない人たちの一瞬のことがらを想像しながら、時間を隔て、永遠を見ているかのような言葉。

ぼくが最初にこれを読んだのは、三十歳ぐらいの時だ。はっきりいってこの作品はそんなに感慨深いものでもなかった。阿部が相模川を訪れた、ということばかりが印象に残っていた。だが、今、こうして五十代になって読み返してみると、不思議なことに、この小説の中の男の、不安、倦怠、卓越した思想、死への想いなどがよくわかる。それはある意味、今のぼくが詩で書きたいことばかりなのだ。

阿部がこの小説を書いたのは五十二歳。今のぼくはその年齢を超えた。やっと彼の小説が本当にわかる年になったのかもしれない。阿部昭は平成元年（一九八九）五月に、五十四歳と八カ月という若さでこの世を去っている。

（『短編小説をひらく喜び』二〇一九年港の人刊）

## 子どもが詩を獲得するとき

子どもはいかにして詩を獲得していくのか、それに対して、大人はどのように詩を考えればいいのか、詩と人間の関わり方をここでは考えてみたいと思っている。

詩はすべての芸術の源である。どこかに詩が存在しなければ、絵画も音楽も成り立たない。ましてや文学において詩は、その根本となる。しかし詩は現実とはかなりかけ離れた存在でもある。現実の中に詩を見つけ出すことほど困難なことはない。言語的な行動からすれば、言葉の技術を駆使することこそが使命になりがちだ。つまり、言葉を考えることによって詩を求めてしまうが、それは大きな誤りだと言える。逆にもっと肉体的なもの、生命力、喜び、怒り、悲しみ、沈黙、もっと言うなら無意識の彼方に詩は大きく横たわっているものなのだ。

さて、無意識の彼方という言い方をしてみたが、大人になる前の存在である子どもとは何だろう。われわれ自称「大人」は本当に大人なのだろうか？　無意識が意識できる、に変わっただけであって、ただ子どもの延長線上にあるだけなのかもしれない。自分を意識し、あたりを少し広い範囲で見渡せることができるようになっただけなのだ。つまりそういう大人がつくった規範の中にうまく適応していくことができるように仕向けられてきたのである。いずれにせよ、現代の子どもたちはまた少し状況が違うかもしれないが、子どもは大人の保護の上、制約を振り払うという意味での無意識の中、本能のままに生きている。大人のように、規律、規範に縛られることなく、いや、もちろん多少の制約はあるにせよ、自由にすべての物事を吸収しようとする目を持っている。子どもという怖い生き物こそ、すべての源である詩を見つめ続けている存在なのだ。だからこそ、子どもは、素早く確実に、本物の芸術の源としての詩を感じ取ることができる。ただ、子どもはその「感じた」詩の源をうまく言葉にすることができない。たどたどしい言語しか操れないからだ。だが、詩の源泉は確実に持っている。子どもの詩がおもしろい、と言われるのはそのためだ。レトリックで書かずに、肉体的なもので書くからだ。

「詩と、こどもと」というテーマを考えるにあたって、この思いは、つまりは、いいか悪いかは別問題として、ぼくの基本的な考え方である。

　子どもがいかようにして、詩を感じ取るのか、以前、子どもだったぼく自身のことを振り返ってみよう。

　たぶん小学校の高学年だったと思う。タイトルに惹かれて、ぼくは「風の又三郎」を手にする。風に乗ってやってくる奇妙な転校生。その風貌、しぐさから伝説の風の精ではないかと疑われる、という誰もが知っているおなじみの童話だ。だがはっきり言って、小学生だったぼくはその時、まったくおもしろさを感じなかった。いや、子どものぼくとしては、つまらなかったと断言しよう。だが、大人と言われるような年齢になり、宮沢賢治を読み返したときに、まざまざとその記憶が甦ってきた。それは、嘉助という少年が逃げた馬を追い、深い霧の中で迷ってしまう場面だ。嘉助は昏倒し、又三郎がマントを着て空を飛ぶ姿をみるのだが、ぼくは、この場面を大人になって読み返した時に、はっきりと、思い出した。この場面はとてもよく覚えている、ということを。なぜ今まで「風の又三郎」と聞いて、この場面が思い浮かばなかったのか、かえって不思議なくらいだった。その時ぼくは「風の又三郎」を本当に読んだ、と思ったのである。これこそが読書体験なのだ、と痛感した。子どもの時に最後まで通読できたのは、つまらないなりにも何か感じることがあったのだろうと思うが、当時はそんなことはわからない。ただ、「風の又三郎」という童話に、忘れがたい印象を植え付けさせるそういう力が働いていることは確かなのである。

もしかして、少年が馬を追い、霧の中で昏倒する、その場面にひとつの詩の核みたいなものが含まれているのではないだろうか？　いや、たぶんそこはひとつの詩であったのだと思う。幼い少年だったぼくにとっての、固有な話だとは思うのだが。読んだ時には気づかなかったが、決して忘れることがなかったからこそ、後年再読した時にまざまざと記憶に甦ってきたのである。これこそ言葉の力だと言えるだろう。このような体験があったからこそ、ぼくは詩というものに向かっていったのかもしれないと、今振り返ってみて感じる。

「風の又三郎」を読書体験と呼ぶか、詩の体験と呼ぶかはわからないが、「悲しい月夜」はもっと印象的な体験だった。このことはぼくが出している個人誌「独合点」84号（二〇〇六年五月発行）にも書いたことがある。

小学校六年も卒業間近の頃、担任だった男の先生が突然、朔太郎の「悲しい月夜」という一篇の詩を黒板に書いたのだ。「ぬすっと犬めが、／くさった波止場の月に吠えている。（以下略）」という詩だ。その先生がどのくらい萩原朔太郎を好きだったのかはわからない。ただ先生は「私には好きな詩がある。君たちにはよくわからないだろうけど、私はこの詩がとっても好きなのだ」というようなことを話してくれたように思う。もちろん、詩なんてまるで興味のない、少年のぼくはそんなことはすっかり忘れて、思春期を過ごしたものだ。だが二十歳を過ぎ、何の因果か詩を書き始めて、萩原朔太郎を読み返したとき、この詩にぶつかって突然に思い出した。ああ、この言葉の感触！　朔太郎の幻想的な青白いイメージ。それにともなって、六年五組のあの教室、友人達の顔、先生の顔を。そして黒板に書かれた「悲しい月夜」までもはっきりと思い返した。「この詩を読んだことがある！」と実感したその驚き！　ぼくはこの時、本当に詩と出会うことができたのかもしれない、と思えた。子どもの時には何も感じていなかったはずなのに、大人になって読み返した時に、内省していた意識がはっきりと戻ってきた。沈められていた言葉が揺り起こされたように感じたのだ。ぼくは初めて、詩を読んだというような感覚に支配された。これはまさしく、詩の体験と言えるだろう。子どもの時に読んだ（出会った）言葉体験、自覚は後だが、この時すでに詩を獲得していたのである。

読書体験を書いてきたが、実作にも当てはまる。ぼくの第五詩集は『ゆっくりとわたし』というタイトルで二〇一〇年に出版したが、全篇散文詩で、中心となるのは自分の少年時代のことであった。過去の経験をもとに詩を書き出してみると、次から次へと、少年時代のことが頭の中に浮かんできた。芝生に寝ころんだ時の感触や、実家の柱時計のこと、友人と自転車で出かけたこと、原っぱであそんで萱で頬を切ったことなど、たわいもない事柄が次から次へと思いだされてきた。これらは読書体験ではない。記憶の中からあふれだした幻想かもしれない。だが、それはぼくの中でひとつの詩の精神として確実に現れてきたことだけは確かだ。少年時代、そこはすでに感覚器官による体験期間、つまり官能の世界であったのではないか？　大人になればそれはとてつもなく悩ましい。つまり子どもは本能のまま、詩の源となるもの、詩の精神を追い続けている、生産し続けている存在だったのだと思う。

ところで、ぼくは、三十年以上も公立の図書館に勤めている。図書館での実績など何もないが、児童へのサービスには力を入れてきたつもりである。「児童図書館員養成講座」（日本図書館協会主催）を受講し、東京子ども図書館の「おはなしの講習会」第十七期の卒業生でもある。ぼくが児童サービスに力を注いできたのは、子どもたちに詩を実感してほしかったからかもしれない。絵本の読み聞かせやブックトークなど数多くおこなってきた。先ほど述べた、宮沢賢治体験、萩原朔太郎体験、このようなことを多くの子どもたちに体験してほしいと思ったからだ。それはなにより人生を豊かにするし、心の支えになることは明らかだ。ひとつの言葉が、人生を変えていくことさえあるのだからと真剣に取り組んできた。

これは余談だが、詩人の蜂飼耳さんは幼少の頃、ぼくの読み聞かせを聞いてくれたらしい。これもうれしい話のひとつだ。だから詩人になったわけでもないだろうが。

仕事としての児童へのサービスだったわけだが、これはプラスになった面が多かった。そのひとつは絵本である。絵本はもう、数限りなく読んできた。そして、ここでもまたひとつの結論を得ることができた。絵本の中にもしっかりとした詩が存在することを。絵本は絵で語るものである。言葉は必要最小限にとどめる。作品によってはストーリーを中心とした絵本もあるが、絵本の主役は絵である。絵本の中には、子どもの感覚を揺さぶる素晴らしい作品が多々ある。詩の核を持って存在する絵があるからだ。また、添えられた言葉が詩であればなおさら素晴らしいものになる。いや、言葉も詩として成立していることが必要なのだ。マーガレット・ワイズ・ブラウンの『おやすみなさいおつきさま』という作品を原書（英語）で読んでみる。きちんと韻を踏む、その言葉がなんとも美しい。子どもは心が落ち着くだろう。絵本そのものが詩なのだから。ぼくはこれを読んだ時、おおげさではなく芸術というものはこういうものだと感じた。

もうひとつ、ストーリーテリングについて述べておきたい。日本では「すばなし」とか「語り」とか言われるものである。囲炉裏端でおばあちゃんが昔ばなしを語り聞かせる、こんな光景を想い起こす人もいるかもしれないが、今はきちんとした「おはなしの部屋」で子どもたちを集め、静かに語るというのが一般的だ。この語りは耳から言葉を吸収する作業である。じつはこのストーリーテリング、大人が聞いてもじゅうぶん楽しめる。そこにはやはり詩の精神が存分に作用しているからなのだ。物語を語って聞かせる、単純なことのようだが、果てしない修練を必要とする作業だ。言葉の細かいニュアンス、その人の解釈などで物語の味が大きく変わる。素晴らしい「語り」は多くの人々を感動させるものだ。地味だが、感性を育てるための重要な仕事なのだ。その活動の普及に努めてきた、東京子ども図書館にも敬意を表する。

子どもは必ずや、芸術の核となるポエジーを獲得する。それは人間としてもっとも大切な心を勝ち取ることに他ならない。大人が子どもへと、詩を手渡すのを怠ることは、未来の損失につながることだろう。

（「現代詩手帖」二〇一四年五月号）

さて、ぼくはここまで自分の経験を基にして、子どもがどのように詩を体験し、獲得してきたのかを示してきた。また、大人である私たちは、どのように子どもたちに詩を提示すればいいのかも概ね語ってきたみたいだ。それは常に本物を志向し、子どもたちの前に詩を晒してあげればいいということ。子どもは本能のまま自由に詩の核をさぐっているものなのだから、言われなくとも吸収していくはずだ。大人はそれを阻害してはいけない。大人は子どもと会話し、絵を見、音楽を聴き、本を読み聞かせ、あらゆる可能性を提示すればいい。だが押しつけになってはいけない。言葉を教えるということではなく、言葉の機微を感じさせていくことが必要だ。詩は子どもの体内に浸透し、あらゆる歳月を飛び越えて生き続け、発芽する時を待っているから。また、詩を書く人は、たやすいことではないが、心の中に子どもの目を失わないようにしたい。できれば自由な子どももそのものになれるといい。いずれにせよ、詩人は自分の詩を探っていくより他に道はないのだが。そこに大人の詩、子どもの詩の区別はないだろう。

# 甦る詩集――抒情詩の前線

ご紹介いただきました金井です。さっそく始めさせていただきたいと思います。記念講演をしてくださいといわれましたので、四十分のあいだお付き合いください。「甦る詩集――抒情詩の前線」とタイトルをつけましたが、まず私自身を皆様に知っていただくところから入り、その後、じょじょに抒情詩の話題に移っていこうかと思っております。それから途中に、丸山豊さんの作品を朗読し、最後に自分の詩も朗読できたらと思っています。

ここにおられる皆さんは詩を書かれている方が多いのではなかろうかと思います。詩を書き出す人間にとっては、必ずどこかで、言葉との決定的な出会いがあるのではないでしょうか。そのときにはわからなくても、後にあの時がそうだったんだ、と思える場面があるのではないかと思うのです。それは言葉との直接的な出会いでなくとも、たとえば、母親を亡くしたときのショックとか、自分が、死に直面するような出来事があったとか、です。それほどまでにたいそうなことでなくとも、きっと何かあるはずだと思うのです。

私の場合は、学生時代の国語学の講義でした。講師は国語学の大家で、「おはす活用考」という論文で博士号を取った、宮地幸一先生でした。それはどんな話だったかというと、簡単にいってしまえば言葉の変遷でした。古語から、現代の言葉に移っていく様を理論的に説明してくださったのです。その一例が「てふてふ」という言葉でした。つまり、母音が脱落し、発音が少しずつ変化し、「ちょうちょう」に変わっていくというものです。この話を聞いて、言葉の変化の不思議さ美しさに触れたような気がしたのです。

だからといってすぐに詩を書き出したかというと、そんなことはありませんでした。むしろ、詩なんて、嫌いでした。それより本が好きだったのです。本好きな人には、二通りの種類があって、それは、読むことが好きな人と、本を眺める、つまり、装丁とか、活字だとかが好きな人がいるわけです。私はどちらも好きでした。読むこともしかりですが、本そのものに対しての趣味があったと思います。そしてその本を媒体とした仕事につきたいと考えるようになりました。あげくに司書を選びました。私が卒業した大学には当時司書課程がありませんでしたから、大学の四年時の夏に、友人等は就職活動に明け暮れている時にですね、私は司書の講習を受けに行っていたのです。

しかし運よく神奈川県座間市の図書館で拾ってもらいまして、晴れて司書になれたわけです。座間市では当時新館計画があって県からの助言を必要としていました。そこで県の職員と座間市の職員と交換をしようじゃないかという話が決まり、一年働いただけですぐに私は翌年から二年間、県立図書館に飛ばされたわけです。

これは運命ですね。県の図書館に詩の好きな、市川雄基さんという司書の方がいて、のちに副館長にまでなられた方ですが、私はその方にいろいろな詩人を読んでみるようにすすめられたのです。菅原克己さん、安水稔和さん、などは本までいただきました。たしか安水稔和さんはこの丸山豊賞を受けられた方だと思います。そのなかでもよく話題にのぼったのは堀辰雄、三好達治、丸山薫等の四季派の詩人でした。市川さんは伊東静雄に傾倒していたので、私もよく読みました。というわけで、県立時代は、書庫にいけばすぐに詩集があるので、徹底的に読みました。自分ではいろいろな詩人を読んできたつもりです。ただ一人抜けていた詩人がいまして、それは丸山豊さんだったのです。これは申し訳ないことだと思っています。そのような経過もあって、いつしか自分の日記のなかに詩らしきものを書くようになっていったのだと思います。

第二詩集『外野席』の「あとがき」には、「いい詩を書くためならなんでもしようと心に誓って書いてきた」と書きました。今でもその気持ちは変わりません。いい詩っていうのも何だかわかりませんけどね。

そうすると見えてくること、わかってくることが当然あるんですね。それはどういうことかというと、自分が好む詩のタイプは抒情詩と呼ばれているものだ、ということです。最初に洗脳されているようなものですから、しかたないのかもしれません。ではその「抒情詩」っていったい何なのだ、と考えるんですね。「抒情詩」って何でしょう？　仮にここで抒情詩の定義みたいなものを考えておきましょう。あくまでも仮のものです。つまり、それは「作者が自分の気持ち、つまり感情を述べ、それを表している詩」といっておきましょう。又は、「作者が自分の気持ちを表し、読者に訴えかけ、その気持ちが伝わる詩」といってもいいかもしれません。まあそれを「抒情詩」と呼んでみようか、と思っています。それがまた、やっかいなものなのです。私もてっきり抒情詩とはそういう詩だと思っていました。ただ、不思議なことに詩を書いてみるとつまり実戦にはいると、一筋縄ではいかないわけです。とうてい「自分の気持ちを述べる」とか、「感情を述べる」とか「読者に訴えかけ」「その気持ちが伝わる」ようになどとはうまく書けないことがわかったのです。言葉はとても不自由なものなのですね。

　私がやっている「独合点（ひとりがてん）」（一九八九年創刊）という個人誌第12号に、もう十三年ぐらい前に書いたんですが、それを少し引用してみましょう。

　もともと言葉というものは、形を表し、伝えることを目的として生まれた。だが、形のないものを表すのには、不向きなものであるような気がする。食卓の上の小物をうまく表すだけでも多大な努力が必要になってくるはずで、したがって形がないと思われる、〈心の中の気持ちをうまく表現する〉ことは形がある物を書く以上に困難なものにちがいない（中略）〈表現〉なんてしようと思うな――とそればっかり考えていた。とくに詩が書きたいと思った時には心の中の気持ちを書くという行為を意識的に排除した。

つまりさきほど仮にいった抒情詩の定義からまるではずれるばかりなんです。ということはこの定義はどこかおかしいのではないかということです。

　ここでひとつ、久留米抒情派とよばれている丸山豊さんの詩をみてみましょう。

（詩「鴨猟」「輝く水」朗読）

　読んでみておわかりかもしれませんが、やはり、自分の気持ちや感動を単純に表しただけのものではなさそうです。どこかで、ウラを読ませる書き方をしていたり、作者と詩のなかに出てくる人が、必ずしも同じとはいえないような書き方もしているわけです。

さて、先ほど私がいった抒情詩の定義なるものを完璧に壊した人がいます。入沢康夫という詩人です。『詩の構造についての覚え書』（一九六八年思潮社）という本がありあます。入沢さんはその本のなかで、「詩人と発話者は別である」といっています。つまり、「詩を作る人と詩の中で語っている人は同じではない」というのです。また、「詩は表現ではない」ともいいきっています。これは『詩の構造についての覚え書』のなかに論理的に書かれてあります。この入沢さんの「詩人と発話者は別である」、「詩は表現ではない」というテーゼは、抒情詩の考えを覆しました。「作者が自分の気持ちを表し、読者に訴えかけ、その気持ちが伝わる」ということはあきらかに作者と詩のなかの人物がイコールだからです。入沢さんはそれは別なのだ、といっているのですから。

私が「独合点」で書いた時、私はこの入沢さんの本を読んでいないんです。それで、「独合点」をだしたあと、どなたかの礼状で、「そんなことはとっくに入沢康夫が書いています」というのを知って、私はとても恥ずかしい気がしました。でもそれは恥ずかしいことでもなんでもないんですね。入沢さんの本を読まないで、自分も同じように感じたんだから、それはそれでいいじゃないかということなんですね。ただ、これは私が入沢康夫さんと同じくらい偉いなどといっているのではありません。そうではありません。詩に対する考え方として、詩は「作者が自分の気持ちを表し、読者に訴えかけ、その気持ちが伝わる」ものではないのだということが似ているということです。

ただ私が強く感じることは、入沢康夫さんの「詩人と発話者は別である」、「詩は表現ではない」というテーゼは、抒情詩の解釈、というより詩についての解釈の、誤った部分を訂正する働きはあったが、それによって今まで書かれてきたすべての詩、つまり抒情詩そのものを否定されてしまう方向に行ってしまったような気がします。

これは入沢康夫という詩人がいいとか悪いとかではなく、詩のベクトルが、言葉を変えていこうという方向にむかっただけと思われます。

　そして現在は、「詩人と発話者は別である」、「詩は表現ではない」という根拠のもと、言葉の改革だけが叫ばれ、もちろんそれが全てではないのですが、「何か」がすっ飛ばされてしまったのです。その「何か」がどこかへ行ってしまったため、詩が読まれなくなってしまった可能性は否定できません。さてその何かとは何でしょうか。

　反転し、矛盾するようではありますが、やはりそれは「感情」だと思います。それも「作者の感情」だと思います。「作者の気持ち」「書きたいという欲望」「感じる力」そういうものが必要なんじゃないかなと思います。

　ただそれは「作者が自分の気持ちを表し、読者に訴えかけ、その気持ちが伝わる詩」などは実質的に不可能なことなのですから、新しい書き方を探していかなくてはならないのです。

　その方法や、結果はまだ正当な答えがでていません。現在の詩の低迷の原因のひとつは答えが出ていないところにあるのではないでしょうか。私たちはその答えをださなくてはいけないと思っています。

　私の『今、ぼくが死んだら』はある意味で、その答えを自分なりに実践したものと見ていただいていいかとも思います。もしこの詩集がきちんとした評価がされたのなら、新しい抒情詩の方向を見ていただけたのではないかと思っています。

　そう考えると詩とは何でしょう。詩は、言葉の意味を超えたところに、本当の感動がかくされている、と思います。つまり言葉の本来の意味は詩にとって無意味なものです。詩を書かれている方ならわかると思いますが、言葉は不自由なものです。詩の言葉に意味を感じながら書いていると、その詩がいい詩になったためしが、私にはありません。やはり、ひとつの言葉に新しい意味が加えられた時に、本来の意味を超えたところに到達できた作品が、それがほんとうの詩、なのです。

　少し前に流行った、書道をたしなまれるお坊さんのような方が書かれた、日めくりカレンダーの言葉としてはすばらしい言葉がありました。それを詩と呼ぶ方もおられますが、言葉の意味にしかこだわっていない、意味を飛び越えたものがない、と思うんですね、だからあれは詩ではない、と思います。皆さんはいかように考えられるでしょうか。

戦後、四季派の流れはいったんたち切られたように感じます。が、その流れもまだ脈々と流れているようにも思えます。四季派の詩の流れを汲むもの。途絶えた命だとおもわれたものを継承している人たちはだれでしょうか。ちょっと考えてみましょう。丸山豊さんももちろんそこに入ると思うし、川崎洋さんや茨木のり子さんをはじめとする、櫂というグループがそうではないでしょうか。そして、さらにそれを継承する人たちとして、いま、新しいタイプの詩の書き手では、高階杞一さん、辻征夫さん、井川博年さん、相模原での私の先輩なんですが、中上哲夫さん、八木幹夫さんなんかも入ると思います。できたら、私自身もその系譜に加えていただきたいと壮大な野望をもっています。

こうして命が途絶えたように見えるものでも、つまりはどこかで誰かが読んでいてくれて、読み継がれているわけです。私がこの場所でいいたいのはですね、ひとつの詩集という書物を別な方が読めば、その詩人、詩集は甦るわけです。その人の心のなかに宿っていくわけです。

私の体のなかには、丸山豊さんのやさしさ、厳しさが書物を通してわかってくるのです。

ですからみなさんも、埋もれていて発見されなかった詩人を探して読んでみてください。詩集という書物によって私たちの眼にはいるとき、それは甦ってくることですし、命を吹き返すことなのです。そして自分の生きる糧を見つけていってください。最後は図書館員の発言のようになってしまいました。私の詩「氷水」を朗読して、終りにしたいとおもいます。

（「氷水」朗読）

ご清聴ありがとうございました。

（第十二回丸山豊記念現代詩賞贈呈式 記念講演、二〇〇三年五月十七日）

# 作品論・詩人論

# 幸福への質問――金井雄二について

清水昶

ある日、ひょっこりと金井雄二が、ぼくが主催している新宿の「詩塾」にまぎれこんできた。出会ってまだ間もないが好青年である。工業高校から大学の文学部に進んだという変わり種だ。卒論は宮沢賢治だったという。

　今年で十年間「詩塾」を継続してきた。出入りの激しい「詩塾」で、いままで、すぐれた資質の可能性を秘めた詩人たちに出会ってきたが、金井君もそのひとりだと直感した。

　かつて石原吉郎は「友を信じるな、何故なら友は必ず裏切るからだ」といった箴言を残している。かなりきついことばだが、金井君には、そのような悪意がまったくない。悪意を抜いたところで、逆に心優しい詩人の孤独があらわれてくる。

　それは何か穴のような自分を、じっと見ているようなところがある。彼の穴とは、ひとりぼっちの孤独な喩なのである。「穴の中からはいあがってきた。上を見ると窓がある。窓の外には大樹が一列に立ちならんでいる。太く脈絡とした枝には、若葉があふれるように重なりあっていて、強い風が吹くたびに枝が苦しそうに揺れているのだ」「ぼくは家路を急ぐ。穴の中はうす暗いが、ぼくの本当の世界が生き続けていて、そこから二度とはいあがらないようにと決心する」。作品「ひととき」の最初の連と最終連である。中間の連では、幸福であるにもかかわらず、首吊りの枝をさがしたりして、明るい風景の中にも、どこか、自分が日常生活の中で不意に何をするかもしれない不安感が描かれている。

　いまは亡きシベリア・ラーゲリ帰りの画家香月泰男が描いた穴の絵を思いだす。まっ暗な穴の中から見上げると青空が、ぽっかりと開けている絵だ。詩は、どのような角度からも読めるのだが、香月の場合は、穴の底から真昼の星や青空に自由を見ようとしていた。金井君は、逆に自分を穴という喩の家庭に自分を閉じ込めることによって、自由の意味を知ろうとしているように思える。作品「草叢のなかで」などは、草叢の中にひそんで成熟した姉を待っているという、一種の近親相姦図を描いている。姉と弟という危険な関係?の「穴」を皮膚感覚で捉えようとしているのである。「象——（ゾウ、あるいは懐かしい幻影たち）」という作品もそうだが、「毛穴の中にゾウが住んでいます」という一見、唐突な発想には、強引すぎるにしろ穴のイメージが、何か抒情詩を生み出す根源になっているように思える。「竹の耳かきを穴に突っこむ。コリコリと音がする。さあ、次に、もっと奥に入れるのだ！」（「道、その他の断章」）このしつこいほどの穴への嗜好は、自分の存在の位置を、しつように確認せずにはおかない彼の位置であると思った。

　かつて寺山修司は「幸福とは何ですか」という自問自答の質問に答えて「それは幸福を探すことです」といっている。人間は、はてしない質問を生きていく。金井雄二もまた、そんな質問のまん中で詩を書きつづけているのだな、と思った。

（『動きはじめた小さな窓から』栞、一九九三年ふらんす堂刊）

## 金井雄二を語る

——のっぺらぼうの〈日常〉を超えることができるか？

井川博年

　私は昔から、またかと言われるほど、世代論が好きで、人と時代を語る時、あれはあれで、実に便利である。

　例えば、私は一九四〇年生まれであるが、戦前生まれどうこうよりも、私の感覚では「防空壕世代」である。されど大方の区分では、私らは〈戦後派〉の「六〇年安保世代」に入るそうである。そう言われると、安保反対を叫んで国会を取り囲んだ、黒い学生服のデモ隊を、思い浮かべる人もいるであろう。このすぐ映像が浮かぶところが、世代論の強みである。

　これから述べる金井雄二（以後〝金井くん〟と呼ばせていただく）は、五九年生まれだから、〈新人類〉という言葉が生まれた、バブル経済絶頂期の、「シラケ世代」とでも呼ぶべきか。およそ摑みどころのない世代である。

（金井くんは、同世代意識が強く、いま同年生まれの、神奈

川の金井雄二、岐阜の伊藤芳博、北海道の岩木誠一郎の三人で、生年に因んだ同人誌「59」を出している）

彼の同世代では、「プレイバックpart 2」で、「馬鹿にしないでよ！」と唄った、歌手にして女優の、山口百恵というスーパースターがいるが、作家・詩人には目立った人物はいない。それよりも、金井くんの人生に、大きな影響を与えた存在は、彼より一回り上の、吉田拓郎、高田渡に、彼が一番好きな友部正人を挙げねばなるまい。

友部はともかく、吉田拓郎は、あの伝説的な唄を通して、後の世代に大きな影響を与えた。「結婚しようよ」が発売されたのは、七二年一月（金井くん中学生）で、中津川フォークジャンボリーで初めて唄われたこの曲は、たちまち若者の心を捉え、長髪を靡かせ、ギター一本で唄う、そのスタイルは一世を風靡した。

時代を変えるのは、カッコよさである。拓郎の唄は、それまで全盛だったグループサウンズをフォーク勢にとって代わらせた。音楽シーンを変えたのだ。この七〇年代に始まったニューミュージックが、吉本隆明が『マス・イメージ論』で論じたように、詩の修辞まで変えたかどうか、疑問があるが、確かに、彼らの影響は、実は、戦後詩から「全共闘世代」の、八〇年代詩まではあった〈文学〉が、思想性を剝ぎ取られ、より〈音楽〉に近づいた、ことにあったのではないか。

ここで改めて、金井くんの経歴を紹介すれば、彼は生まれ育った神奈川の相模原の中学から、地元の工業高校へ入り、機械科を卒業し、一念発起したのか、方向違いの都内の大学の文学部に、浪人もせずに滑り込んでいる。

この経歴で見ると、金井くんは、中学時代は野球に夢中の、勉強が余り得意ではない普通の子供で、ここでは文学には関心なかったようだ。だからあまり好きでもない工業高校へ入ったのだろう。でもそれが大学の文学部を選んだとなると、その頃にはすでに、幾らか本を読んだり、詩に触れたりする環境があったのだろう。

彼の場合、友人よりも姉の影響が大きく（姉は彼の詩に多く登場する）、大学に入ってすぐ、姉に買ってもらった、ボブ・ディランに夢中になり、以後ボブ・ディランは、彼の中で神様となり、後に見つけた「日本のボブ・ディラン」友部正人の音楽、特にその唄の歌詞が、金井くんの宝物となるのだ。ここで音楽と詩が結びつく。詩を書く下地ができたのである。

金井くんは大学を出て、大学で司書の資格を取っていたおかげで、無事座間市の図書館に勤めることができた。この図書館という環境がよかった。彼は座間市から交換職員として出向した神奈川県立図書館で、文学好きな先輩に出会い、本格的に文学に目覚め、現代詩の世界に飛び込むことになる。そして九三年になって、最初の詩集を出すのである。

それにしても三十四歳での出発というのは、詩人として遅い方だろう。私らの世代の詩人は、天沢退二郎も岡田隆彦も辻征夫も、かく言う私も、皆二十代に出している。すぐ上の世代の詩人たちも同様。谷川俊太郎、大岡信など、二十代で早くも大家であった。

その第一詩集『動きはじめた小さな窓から』には、冒頭の「五月」のような明るい詩もあるが、全体に若者らしくない暗さがある作品が多い。その上何故か「穴」の詩が多い。そのことについて、清水昶が、この詩集に挟まれた〈栞〉に、こんなことを書いている。

清水は、この詩集で目立つ「穴」の詩は、「ひとりぼっちの孤独な喩なのである」と言い、寺山修司の「幸福とは何ですか」を引いて、「人間は、はてしない質問を生きていく。金井雄二もまた、そんな質問のまん中で詩を書きつづけているのだな、と思った」と励ましている。

ここで清水が指摘した、孤独な青年像は、東京郊外の自宅で、バイトで買ったギターをかき鳴らし、気に入った歌手のレコードを買い、自分でも詩らしいものをノートに記している、学生のそれで、シドニー・ポラック監督の、七〇年公開のアメリカ映画『ひとりぼっちの青春』の、不況下のアメリカの田舎町で、懸賞金目当てに、ダンス・マラソンをする、孤独な男女に比べるべくもない。金井くんの孤独は、当時の大多数の青年が抱えていた、恵まれた孤独、にすぎない。彼の青年時代、日本は空前の繁栄の中にあった。バブル崩壊はまだ先である。

金井くんは、ここから一気に進んで、三十七歳で出した『外野席』では、「あとがき」に、「幼少から青年へ、そして結婚、老人にいたるまで、ぼくは詩のなかで全篇生きてみたかったのである」と書いているので、現実に金井くんは、この詩集を刊行するまでに結婚したと見える。「明日の朝食」という詩には、「妻が子供を起こしている」ところがあり、何と、子供まで生まれているのだ！

前に清水が指摘した「ひとりぼっち」は、結婚によって解消されたと思うが、その代償に、金井くんは、家族を養うという、大変な義務を負わされたことになる。この子供ができたということは、詩人にとっては一大事で、大方の詩人はここで躓くのである。

日本の詩人は恋愛を書くことは得意で、一緒になった女をうたうことはできるが、〈夫婦〉となるとそうはいかない。〈家〉の問題が起こるからである。これが苦手で、大抵の詩人はここから一足飛びに、子供を入れた〈家族〉の方に逃げてしまうのだ（私は以前調べたことがあるが、戦前の詩人で、〈夫婦〉をちゃんと書いているのは、山之口貘ただ一人だった、と記憶する）。

更にそこに〈生活〉が襲いかかって来る。これで更に状況は悪化する。他のことを考える余地はない。詩や文学どころではなくなる。家族だけでなく、自分の食い扶持を探さなければならないのだ。さあどうする。これが、近代の作家や詩人の最大の悩みであった。

「詩は青春の文学」とは、よく言われることであるが、一面の真実を衝いている。大方の詩人は、高らかにうたえた青春時代が終わり、結婚した途端に、〈家族の罠〉に嵌ったことを意識する。彼らのほとんどは、その時点で、詩を書くことを諦めてしまう。書くことがなくなるのだ。時代をうたって一世を風靡した詩人が、子供のことを詩に書くわけにはいかないのだ。頭のいい詩人はそこで、小説の世界に逃げることを思い付く。

ここに、〈文学〉と〈生活〉の両立は可能か、という明治以来の作家が悩んだ最大のテーマが出て来る。

しからば、この難局に金井くんはどう対処したか。幸い彼には安定した職場があり、家庭にも恵まれていたから、〈生活〉と〈文学〉を両立させることができた。腰を据えて、文学に取り組む、環境が整ったのである。しかし、私にも経験あるが、これが容易なことではない。

詩を書くということは、机に向かって本を読むのとは違う。二十四時間（寝ている時も）詩を考えていなければばならないのだ。そんなことで、働きに行けますか？寝不足の目を擦って、妻子のために、出かけて行くのだ。働いて、給料をもらって、さてそこから、中上哲夫の名文句「家に帰って詩を書こう」となるのである。

更にまた、どんなに環境が良くても、詩人にとっては、むしろそれは逆ということがある。私は金井くんに同情する。何故なら、彼ら、すべてに遅れて来た、「九〇年代の詩人」は、おおむね先輩詩人たちと違って、政治への関心など持ちようもなく、社会を変革しようという意思すらない。何しろ生まれた時から、物から思想まで、すべて与えられて来た連中なのである。すべてやりつくされていて、新たにすることは何もない。これはある意味絶望的な状況で、特に詩人のような時代に敏感な人間にとっては、耐えがたい現実であると思う。

さらに厳しいのは、詩の〈背景〉の問題で、私は詩には絶対的に〈歴史〉を持った〈現実〉が必要だと考える。その点、「荒地派の詩人」には、戦争体験と、戦後の夕焼けの廃墟があった。次の「感受性の詩人」たちには、焼け跡の青空と、外国映画と翻訳文学があった。「六〇年代詩人」には、戦後民主主義教育と、ジャズと「ヌーベルバーグ」の映画があった。

ここでも金井くんたちは分が悪い。彼らはここで、三十代で体験した、あの狂乱のバブル時代と、夢が覚めた後の「空虚な社会」を語るであろうか。そんな状況の中で、どんな詩を書けばよいのか、金井くんは、悩みに悩んだに違いない。そうして見つけ出したのが、それまでの戦後詩人が、余り書いて来なかった、〈家族〉や〈日常〉を書くことだった。

金井くんは、四十三歳で出した第三詩集『今、ぼくが死んだら』から、六十一歳で出した最新詩集『むかしぼくはきみに長い手紙を書いた』という長いタイトルの詩集までに、十八年間におよそ一五〇篇（かなり少ない）の詩を書いているが、そのほとんどが、〈家族〉や〈日常〉を語った詩である。

その中から、家の中での孤独を書いた詩を。

　詩を書くわけでもなく
テレビを見ているわけでもなく

妻も息子も
寝てしまっているのに
真夜中
ぽっかりと
ぼくだけ
おきている
ただボンヤリと
まがりくねったままの夜を
独り
じっと座って動かない
明日も仕事だというのに
いや、もうとっくに日付も変わっているというのに
眼を閉じず
石に
なりすましている、（『今、ぼくが死んだら』から「闇」）

金井くんは苦心しているが、これでは満足できまい。その原因は、先輩たちの背景には、ざらざらした現実があったが、金井くんの前には、のっぺらぼうの現実と、死ぬまで続くと思われる、平凡な日常があるのみである。金井くんが取り組んでいる「日常詩」は、そこのところを乗り越えていない。詩が、軽い、からだけではない。

実はこれこそ、私がいま考えている、最大の課題なのである。金井くんより三十年前の、七〇年頃に詩が書けなくなった私は、何とか自分流の〈家族〉と〈日常〉を描いた詩を作ろうと、それまでの、特に戦後詩は参考にならないので、川崎長太郎や島尾敏雄ら私小説家たちの、非常な〈日常〉を書いた小説を、徹底的に研究した。だがそれから五十年後のいまも、いまだに私は、本当の詩を摑めていない。それは私自身が抱える〈孤独〉が、解けていないからだと思う。

私はいまの日本の家の構造では（一軒家であろうと、マンションであろうと）、西洋人のいう〈絶対孤独〉は生まれないと考える。両親同居は元より、子供別居でも、夫婦同居でも、いや独り暮らしでも、現代日本人は〈孤独〉ではない。日本人は家族に囲まれていないと、不安でたまらないのである。このことは私自身よく分かっている。死ぬ時も家族といたい（最後の病院の医者すらも、

我らには家族の一員なのだ）。こんな環境では、私のような人間は、家族のいる「にぎやかな孤独」か、「ひとりぼっち」の「家の中の孤独」しかないのである。

　金井くんも分かっている。金井流の対処方法では、孤独は飼い直され、ありきたりな「日常詩」しか生まれず、ずるずるっと行けば、俳句でいう「心境詩」のようなものになってしまうことを。その危険性はすでに見えていて、最新の詩集にある昭和回顧の「沈む夕陽、下駄の音」や、「紅い花」などの引用に頼るようになると危ない。

　私たちの日々は常に薄氷を踏んでいる。〈日常〉は〈非常〉の喩である。戦争があろうとなかろうと、昔の人はこのことをよく知っていた。私が私小説家を尊敬するのも、彼らは皆、パスカルのいうごとく、人間存在が深淵の縁に立っていることを、自覚して生きたからである。

　それなら、金井くんは、どう生きればいいのか？　私の考えに考え抜いた結論は、アメリカの作家ポール・オースターが、八二年に出した小説のタイトルを借りれば、〈孤独の発明〉ということに尽きる。その日本の応用編を考案しなければならない。

　金井くんは、まず、徹底して〈日常〉を非常感覚で、金井くんの考える〈孤独〉の発明をしなければならない。誰でもできることではない。〈孤独〉が何であるか、現代日本で真の〈孤独〉を貫徹できるかを、四六時中考えねばならない。それができてこそ、のっぺらぼうの現実を超える、「新しい詩」を、作ることができるのだ。

　私の方には、〈老年の孤独〉が、現実問題としてある。これに病気がからまると、真打の〈孤独〉ということになる。私の場合は、わざわざ発明しなくても、向こうの方からやって来るから、これからが勝負だ。

　私は、金井くんは、彼が考えた〈孤独の発明〉に成功し、まだ誰も書いたことのない、「日常詩」を書くのではないか、と予感している。金井くんは、この現代詩文庫で終わりではない。アッと驚くような「新しい詩」が、生まれるのだ。老い先短い私が、それを見届けられないのは残念であるが、金井くんの今後の健闘を祈るのみである。

（2024.5）

# 言葉の汽水領域で

矢野静明

詩人の金井雄二さんについて皆さんにおはなしします。「皆さん」と言いましたけど、僕の眼の前にはパソコン一台あるだけで、聞いている人は誰もいません。なのに、こうやって人に語りかけるようにして書き始めました。金井さんのことを考えていたら、こうやってみたくなったのです。

金井さんと出会って間もない頃でしたが、二人で小さなイベントを企画しました。タイトルは「言葉がつたわる／つたわらない」でした。僕自身は絵を描く人間なので、「言葉」のところを「絵」に入れ替えれば、そのまま自分の問題になります。イベントを一緒にやったのはずいぶん昔のことです。ああなつかしい。そのあとも金井さんと付き合ってきましたけど、今振り返ると、タイトルにある「つたわる」のほうに金井さんは軸足を置いていて、僕は「つたわらない」のほうに軸足がありました。それぞれの人間性がよくあらわれています。このタイトルを真面目な詩論風に直せば「詩的言語における伝達性と非伝達性」とかなんとかになるでしょうが、そこまでまじめではなかったわけです。ただ、二人の軸足の位置は異なりながら、共通していたのは、人間の言葉には伝わる領域と伝わらない領域が最初からあるんだということでした。もともと言葉はそういう性質のものです。金井さんは言葉の伝わる場所に軸足をおいて考え書いてきた人ですが、同時に、言葉の伝わらなさもよくわかっているはずです。

詩とよばれるジャンルが存在しているのですから、詩の言葉もどこかにないとおかしいですね。そうではあるけど、詩の言葉といっても普通の言葉と別のものではなく、言葉全体の中にまぎれて存在しています。ずっと昔、伊東静雄の、これは詩ではなく詩のタイトルですが、「秧鶏（くひな）は飛ばずに全路を歩いて来る」という一行を目にしたときに、これは詩だと直感的に感じながら、どこがどうして詩の言葉になっているのかまったくわかりませんでした。この一行を意味としてくだけば、くいなという鳥は空を飛ばずに道を歩いて来るのだという、それだけのことです。子どもが作文に書くような、今日は朝起きてパンを食べましたとおなじくらい詩的でない一行であります。それがたった一行で詩になっている。言葉の選び方なのか、音、喩法、修辞、リズム、いろいろと分解していけばどこかになにかが見つかるかもしれない。ですが結局、なにも見つからないのかもしれない。それでもこれが作文の言葉ではなく、詩の一行であるのは間違いありません。

あまり使われることはないですが、汽水（きすい）という言葉があります。釣りをする人なら知っているかもしれません。山奥にある水源から川を下っておりてくるのが真水です。そして海の水はもちろん塩水です。この二つの違った水がぶつかる箇所があります。海に川の水が流れ込む河口付近ですね。そこが汽水の領域です。汽水にだけ生息する魚もいるそうです。

金井さんと一緒に考えた「言葉がつたわる／つたわらない」というのは、言葉における汽水領域のことです。多くの人が普段使っている言葉を海の水だとすれば、詩の言葉は、山奥に湧く水に近いものかもしれません。二つは同じ言葉なのですから、別々の場所にあるわけではない。真水と海水のように必ずどこかで交わり、言葉の汽水領域を作り出しているはずです。詩人とは、この言葉の汽水領域に最も敏感な人たちであるはずです。もちろん金井さんもそうです。

現代詩文庫に入るくらいですから、金井さんの詩は現代詩です（おそらく）。でも金井さんは現代詩にこだわりはないようです。彼が一番こだわり続けているのは、抒情性、そして抒情詩というものでしょう。まあ、なんと古臭く甘っちょろい響きをもった言葉でしょう。明治時代の新体詩人でしょうか。たしかにそういう抒情というのもあります。けれど本当に抒情詩が古臭く甘っちょろいものなのかは、畢竟、金井さん自身の詩にかかっています。そこが詩人金井雄二の関ケ原なのです。

金井さんは家族の詩を書いてきました。自分が親となって作った新しい家族の詩があり、もう一つは自分が子供として育ってきた古い家族の詩です。こちらは両親、お姉さん、妹と雄二君の五人を描いたものですが、金井さんの詩の中でも際立って記憶に残る詩がここに集まっています。僕にはそう思えます。

詩集『ゆっくりとわたし』に「妹が泣いています」という詩があります。これは僕にとって大変印象深い詩で、勘違いと言えばそれだけの話ですが、読んですぐに、なぜか幼い妹の死が書いてあると思ったのです。お兄ちゃんが家に帰ってきたら、誰もいない部屋で、泣いたことのなかった妹が声を出さずに一人で泣いている。ただそれだけの詩ですが、胸が詰まるような気がしました。もちろん僕がそう勝手に思っただけのことです。きわめて率直な詩です。死を匂わすようなものはどこにもありません。それでも、この詩は異界に触れている気がしました。読めばわかりますが、この詩も、伊東静雄の詩の一行と同じで、散文的に意味をたどるなら、まったくありきたりな風景でしかありません。空を飛ばないくいなも、泣いている妹も現実の中にあります。不穏な気配はなにもありません。と同時に、現実のすぐ隣に見知らぬ異界が潜んでいる。言葉がそれを開きます。

詩に書かれたこの小さな家族は強い印象を与えます。正確にいえば、家族ではなく、金井さんの詩の言葉が感情を喚起させているのです。今はもう消えてしまった家族です。金井さんの詩をずっと読んでいくと、詩の言葉の源泉に、家族の姿がつながっていきます。

さて、眼の前に人がいるかのようにして金井さんの詩について書いてきました。詩の言葉は誰もいない空間の中で、誰に届くかわからないまま、誰かにむかって流れ出す言葉です。この文章は金井さんのことを書いているのですが、その人は詩人です。金井さんは詩人です。詩人について書くなら、どこにいるかわからない、まったく知らない人に向かって語りかけたいと思ったのです。荒野に呼ばわるヨハネみたいですが、もっと素朴に、金井さん自身がそういう人だからということかもしれない。金井さんはいつでも誰かに語りかけています。誰かに伝わろうとしている言葉が金井さんの詩です。だから、金井さんについて書くならそうしようと思ったのです。

（2024.6）

# 詩のなかの〈きみ〉

草野信子

金井雄二さんの労作『げんげの花の詩人、菅原克己』（二〇二三年刊）には、金井さんの、菅原克己の詩への敬愛を語る言葉が、わずかに語り直されながら、随所に幾度も記されている。そのために引用が難しいのだが、短く、二か所の引用をしたい。

> 実直でやさしくて、そして強い詩だ。生活の一部分を平明な言葉で書き、言葉は深く心にしみこみ、忘れがたいものになる菅原克己の詩は、人間の本質をしっかりと表している。

> 菅原は（中略）生活のなかにある詩を書き表したかった。だから、難しい言葉はいらない。そして権力もいらない。詩は常に生活のなかからでてくるものだから。深く思考し、自分の言葉をもとめて生きている詩を書く。

金井さんは、序論にあたる章で、自分の詩の発見の年は菅原克己の詩との出会いの年だった、と書いている。繰り返されているオマージュは、菅原克己の詩との出会いが金井さんの詩作の背を押したことを示しているように思われるが、詩を書きはじめておよそ十年後に発行された第一詩集『動きはじめた小さな窓から』には、意外にも、菅原克己の詩の影響は感じられない。

心の奥底に在るもの、そして、そこに在り続けるはずのものが、言葉で取りだされ、日常のなかにむき出しになっている。第一詩集の中心をなしているのは、そのような表象を残す数編の散文詩である。また、菅原克己の詩を思わせる行替えの短い詩も、どこか不穏な空気をまとっている。敬愛する詩人、自分の好きな詩。そこからむしろ遠くに在るポエジーをつかんで詩の出発をしているところに、金井さんの強い意志を感じる。詩を書いていく生を選び、はじめての詩集を編んだとき、三十代はじめの金井さんには、まず、そのとき、原初的とも言える自己の表明が必要だったのだろう。たとえば「《断編》牛の首の話」。「道、その他の断章」など。

第一詩集のあとの凪のような詩集『外野席』を、第二詩集としてまとめ、その後、金井さんは、たゆみない詩作と、意識的な詩集の発行を継続していくことになる。小さな息子との日録のような一冊。掌編小説集のページをめくっていくような一冊。詩集『にぎる。』には、私の好きな詩「泡がでている——Yさんに」と「もう少し」が収められている。第六詩集『朝起きてぼくは』。そして第七詩集『むかしぼくはきみに長い手紙を書いた』。詩の出発から四十年近い歳月の真摯な営みである。

> どうして詩を書いているかって言うと、自分の探求かな。自分探し、いかに自分がどこにいるかだね。新しい自分に出会う。それには自分に嘘つかない。

詩誌「納屋」一号（二〇二四年四月発行）に掲載されている〈雑談会〉という座談のなかで、金井さんはそう話している。なぜ詩を書いているのか。語ることがたやすくはない問いに対して、金井さんはさまざまな語り方で答えてきたように思う。そのなかの、最良のものとして、『朝起きてぼくは』の〈あとがき〉をあげたい。

> 前詩集『ゆっくりとわたし』では、幼少時代、つまり過去の記憶から言葉を引き出して詩が書かれた。それに対して、現在のおまえはどうなんだ、という自分自身の問いに素直に答えたい自分がいた。実際、日々の暮らしは単純どころではない。誰しも、多かれ少なかれ、仕事でたたかれ、家庭の問題を抱え、肉親の死に遭遇し、複雑な人間関係に悩み、神経を病むほどなのだ。今回、ぼくは喘ぎ続けた暮らしの中からこれらの詩を書いてきた。詩は、一つの考え方として、そんな生活の中から生まれる。

困難を抱えた辛く苦しい日々、詩を書かなければ生きてこられなかった。そう言っているのだ。詩を書く理由として、深く胸におちた。

一冊の詩集は、疲労や倦怠、乾いた寂寥を内包しているにもかかわらず、一編一編の詩は、それらを、平易な言葉で書いて、ユーモアさえ漂わせている。

夜の静寂／ぼくは今まで／何をしてきたのか／ふと／振りかえる／自分がいる／明かりをつけない／闇の中／一人で／手探りで／歩いてきた／道順を忘れないため／小さな詩を書き／ちぎって／すててきた／たぶん／風に飛ばされて／どこかにいっちまっただろうが

（「真夜中に目覚める」部分）

とても寂しい詩だ。けれど、道順を忘れないための目印として、道筋に自分の小さな詩を置きながら歩いてきた、とは、美しくて強い詩だと思う。鳥が啄ばんでしまったヘンゼルとグレーテルのパンの欠片。ちぎって捨ててきた詩の欠片は失われることがなかった。そのことは、私たちに菅原克己を語り続けてきた金井さんの現在が示しているだろう。いま、詩「川原の土手で――菅原克己さんへ」に菅原克己の詩の影響を感じる、と言ったならば、金井さんは苦笑するだろうか。

〈ぼく〉と、少年の匂う一人称で自分を呼んで、詩を書いてきた。金井さんの詩は、いつも、その〈ぼく〉が触れている世界を描いている。〈ぼくは〉と書くとき、そこに生まれる孤独は、時に、〈ぼく〉を寂しくさせる。それだけに、第七詩集『むかしぼくはきみに長い手紙を書いた』のなかに出現した〈きみ〉は、金井さんの詩を照らす小さな明かりのようで、また、ここではないどこかへの通路のようで、こころづよい。

「花束」「ダンスしてみた」「奏楽堂」「夜空を眺め」そして「ヴァージニア・ウルフ短篇集を読んで」。それらのなかに、唐突に、一度だけ登場する〈きみ〉に、詩集をひろげるたび、私は「ね、きみたちは、いままで、いったいどこにいたの?」と、うれしく声をかける。

（2024.6）

# 金井雄二と「カナイユウジ」

岩木誠一郎

金井雄二はいつも多忙を極めている。

いくつかの詩の関係団体で仕事をかけもちする傍ら、個人誌「独合点」を発行し続け、ほかにも常に複数の詩誌に所属している。現在は「59」、「Down Beat」、そして創刊されたばかりの「納屋」。

勤務していた図書館では、子ども向けの読み聞かせの企画に携わるなど、積極的に本を読む喜びを広めようと活動するほか、「クレーム担当」だったこともあるという。

これは、頼まれると「いや」とは言えない性格に由来するものだろう。基本的に優しいのだ。吉野弘の詩「夕焼け」にもあるように、「やさしい心の持主は／いつでもどこでも／われにもあらず受難者となる。」というわけだ。

しかし、驚くのは、そうした日々のなかから途切れることなく詩作品を発表し続けていることだ。しかも、常にそれまでの自分を超えようと新しい書き方に挑戦している。このエネルギーはどこから来るのだろう。

秘かに思い描いている仮説を述べてみたい。金井雄二はふたりいる。金井雄二として知られている人物のほかに、さまざまな負のエネルギーを、詩を書くためのエネルギーへと変換する「カナイユウジ」が存在するのではないだろうか。

三冊目の詩集『今、ぼくが死んだら』の表題作は「今、ぼくが死んだら／と思いながら起きあがった」と書き出される。「ブラインドの羽根を人差し指で押し下げて外を見る／斜めになった陽射しが入る」と続くので、朝ではないことがわかる。同じ詩集の直前に置かれた作品「ヘイデン・カルースの詩を読みながら」が「ヘイデン・カルースの詩を読みながら／いつしかぼくは死ぬだろう」と終わっていることもあって、なんだか不安な気持ちのまま続きを読み進める。

午後なのに子どもたちの歓声がない

救急車のサイレンが遠くで鳴っている
時計の秒針が動く
スヌーピーのぬいぐるみがカタッと動く
お腹を押すと笑いだす玩具を遠ざける
タオルケットをかけなおしてから移動する

やはり、不穏な空気が漂いはじめる。だが、もっとも不穏に感じるのは、引用部分の最後の一行で「タオルケットをかけなお」されたのはだれかということだ。もちろん、普通に考えれば「子ども」という答えが返ってくるだろう。「ぬいぐるみ」や「玩具」といった描写もそれを補完しているし、「午後」であることも昼寝の時間を思わせる。それでもなお、「タオルケット」の下にはもうひとりの「ぼく」がいるのではないか。何度読んでもそういう印象を抱いてしまうのだ。

作品の続きで「ぼく」は「別の部屋」に行って「詩集を一冊読む」。そうしているうちに「外で子どもたちの声がひびきはじめ」る。

詩集をもとの場所にもどす
先ほどの部屋へ様子を見に行く

「ヘイデン・カルースの詩を読みながら」の余韻を引きずっているので、「詩集」には「死」の影がつきまとう。だから「もとの場所にもどす」とあることに安堵する。これはいったん「死」に近づいた「ぼく」が再生する詩、金井雄二が「カナイユウジ」の存在に気づき、ともに生きることを決意する詩なのではないだろうか。

金井雄二が生まれ育った家庭についての話を直接聞いたことはない。ただ、書かれた作品を通して推測されるのは、あまり幸福とは言えない家庭環境だったであろうということだ。詩集『朝起きてぼくは』のなかの「わが家」には次のようなフレーズがある。「家には情けない両親がいて／しっかりものの姉ちゃんがいて／だめなぼくがいて／よく笑う妹がいた」。さらには、「夫婦喧嘩があって／泣いて笑って／家族はいつもごちゃごちゃだったけど」というフレーズもある。

詩に書かれたことがすべて事実とは限らないが、金井雄二が描いた家族の詩、とりわけ両親が登場するものには、団欒などとはほど遠い殺伐とした空気を感じる。金井雄二は幼年期から少年期にかけて、精神的に厳しい状況に置かれていたにちがいない。

そうした幼少年期を経て、金井雄二は詩を書きはじめた。そのためには「カナイユウジ」の存在がどうしても必要だったのではないだろうか。はじめのうちはそうと気づかないまま。やがては意識的にその力を借りて。

第一詩集にはその詩人の原型があるというが、金井雄二の場合も例外ではない。自分のなかの「狂暴」な部分が顕在化する「人間の回復」。「姉」に対する執着と言っていいほどの想いが描かれる「草叢のなかで」。酪農を営み（金井雄二は学生時代に北海道の牧場で住み込みのアルバイトをしたことがあるという）、「搾乳」のために「牛」の「乳房」をつかむ「農夫」の行為が、いつしか「女（かつての少女）」との交わりと混然となって描かれてゆく「《断編》牛の首の話」など、彼の優しいイメージからは想像できないような、暗いエネルギーをほとばしらせている作品が並ぶ。

そして、第一詩集の表題作「動きはじめた小さな窓から」は「だれもいない駅で／だれかに声をかけられた」とはじまり、「ふりかえると／発車の笛がなり／扉が閉まろうとしていた」と続いたあと、重要な三行がくる。

プラットホームと車輛のあいだには
境界線のような黒い隙間があり
それをまたいで列車に乗った

この「黒い隙間」を「またいで列車に乗った」瞬間、金井雄二は、そうとは知らないまま「カナイユウジ」とともに詩を書く長い旅をはじめていたのだ。

彼の既刊詩集七冊のうち四冊が「ぼく」または「わたし」をタイトルに含んでいる。しかも、それらはすべて第三詩集『今、ぼくが死んだら』以降だ。この一人称に対するこだわりは、金井雄二が「カナイユウジ」の存在に気づいたことと無縁ではないと思う。

（2024.5）

現代詩文庫　254　金井雄二詩集

発行日　・　二〇二四年九月一日
著　者　・　金井雄二
発行者　・　小田啓之
発行所　・　株式会社思潮社
〒一六二─〇八四二　東京都新宿区市谷砂土原町三─十五
電話〇三─五八〇五─七五〇一（営業）／〇三─三二六七─八一四一（編集）
印刷所　・　三報社印刷株式会社
製本所　・　三報社印刷株式会社

# 現代詩文庫

新刊

201 蜂飼耳詩集
202 岸田将幸詩集
203 中尾太一詩集
204 日和聡子詩集
205 田原詩集
206 三角みづ紀詩集
207 尾花仙朔詩集
208 田中佐知詩集
209 続続・高橋睦郎詩集
210 続続・新川和江詩集
211 続・岩田宏詩集
212 江代充詩集
213 貞久秀紀詩集
214 中上哲夫詩集
215 三井葉子詩集
216 平岡敏夫詩集
217 森崎和江詩集
218 境節詩集
219 田中郁子詩集
220 鈴木ユリイカ詩集
221 國峰照子詩集
222 小笠原鳥類詩集
223 水田宗子詩集
224 続・高良留美子詩集
225 有馬敲詩集
226 國井克彦詩集
227 暮尾淳詩集
228 山口眞理子詩集
229 田野倉康一詩集
230 広瀬大志詩集
231 近藤洋太詩集
232 渡辺玄英詩集
233 米屋猛詩集
234 原田勇男詩集
235 齋藤恵美子詩集
236 続・財部鳥子詩集
237 中田敬二詩集
238 三井喬子詩集
239 たかとう匡子詩集
240 和合亮一詩集
241 続・和合亮一詩集
242 続続・荒川洋治詩集
243 新国誠一詩集
244 松下育男詩集
245 佐々木安美詩集
246 松岡政則詩集
247 斎藤恵子詩集
248 福井桂子詩集
249 藤田晴央詩集
250 村田正夫詩集
251 有働薫詩集
252 時里二郎詩集
253 杉本真維子詩集